어머니가 변해야
가족이 행복하다

가·족·은·서·로·에·게·배·려·이·다

어머니가 변해야
가족이 행복 하다

사이토 사토루 지음_ 송진섭 옮김_

종문화사

5년 전 캐나다의 토론토에 살고 있는 의과 대학 시절의 동창생 집을 방문했다. 분자생물학자인 친구가 노벨상 수상을 놓쳤을 때 캐나다 전국이 실망했을 만큼 유명 인사였지만, 집에서는 두 아들의 아침 식사와 샌드위치 도시락을 만드는 일을 하고 있었다. 부인이 일본어 학교의 교장직을 맡고 있어서 바쁠 때면 친구가 집안일을 도맡아 했다. 일본에 있었을 때 기억으로는 나와 다를 바 없이 가사에 무관심한 남편이었는데 외국에서의 생활이 부부의 생활 패턴을 바꾸어 놓은 듯 보였다. 나와 아내가 그의 집에서 보낸 며칠은 가히 충격이었고 우리 부부생활에 변화를 가져오는 요인이 되었다.

1990년대 일본의 평균 출생율은 1.57%까지 감소되어 사회에 충격을 주었다. 한 국가의 인구는 평균 출생율이 적어도 2.1% 정도를 유지해야만 감소되지 않는다고 한다. 당시 전 후생 대신(*보건복지부 장관)인 모 국회의원이 "여성의 고학력화가 인구의 감소를 초래하고 있으며 이러한 추세가 지속되면 국력의 쇠퇴가 우려된다"하는 발언을 여러 번 하여 매스컴에서 떠들썩했던 적이 있다.

친구가 토론토에서 생활하고 있는 지인들을 초대한 저녁 식사 자리에서 이 폭언이 화제가 되었고 부인들 사이에서 "일본 남자들은 조금도 달라지지 않았다"라는 한탄이 나오기도 했다. 그녀들은 이국

땅에서 전문 관리직에 종사하고 있는 고학력 여성들로서 두세 명의 자녀를 키우고 있었다. 그녀들과 일본에서 생활하는 고학력 여성들과의 차이는 아내의 사회적 활동을 자연스럽게 여기며 자신과 아이들의 속옷 세탁을 직접 하는 것을 당연하게 여기는 남자와 함께 살고 있느냐 아니냐였다.

현재의 남자들은 가정과 여성이라는 존재에 대해서 근본적으로 잘못된 생각을 가지고 있는 것은 아닐까?

남편 뒷바라지나 하고 정성스럽게 저녁을 준비해 놓고 귀가를 기다리며 밖에서 무슨 짓을 하든지 다정스럽게 맞아 주기만을 아내에게 바라고 있는 것이 현재의 남자들이라면 여성들이 그러한 응석꾸러기와 함께 살면서 아이를 낳고 기르는 일에 정열을 빼앗겨 버리는 것도 당연한 일이다.

이 여행에서 돌아온 지 1년 후 「니혼케이자이신문」의 석간에 칼럼 연재를 부탁받았다. 편집부장으로부터 '이 시대의 여성들'이라는 주제를 가지고 남성의 입장에서 글을 써달라는 의뢰를 받은 것이다. '여자의 속마음'이라는 타이틀에 조금 주눅이 들기는 했지만 나 역시 '성인 남자란 무엇인가?'에 대해 생각하고 있던 터라 이 연재 제의를 흔쾌히 승낙했다.

　캐나다 여행에서 돌아온 직후부터 아동 학대 문제에 깊은 관심을 가지게 되었고 연재가 시작될 무렵에는 '어린이 학대 방지 센터'를 발족했다. 내가 분주하게 하는 이 같은 일들이 연재 칼럼에 반영되었다. 남편이나 성적 파트너에게 폭력을 당하고 있는 여성을 그들로부터 구제하는 일이나 아들이나 딸의 폭력으로 집에서 쫓겨난 부모들의 상담에 응하는 것도 내가 하는 일의 일부였기에 이와 관련된 사실 또한 게재했다.

　책을 만드는 단계에서는 신문 연재에서 다룰 수 없었던 부분을 대폭 가필하거나 수정했을 뿐 아니라 최근의 생각도 추가했다. 그러한 이유로 이 책은 최근 몇 년 동안 내가 해온 일이 무엇인가를 보여 주고 있다(정신과 의사이지만 현재는 연구소에서 월급를 받고 있다). 그래서 어쩔 수 없이 이 책에는 직무상 알게 된 분들이 때때로 등장한다. 이름을 감출 필요가 없는 친구를 제외하고 특정인에 관한 상세한 기록은 가급적 피하거나 변형했지만, 본인이 읽으면 자신이 모델이 되어 있다고 느낄지도 모르겠다. 이 책에서 본인의 사례가 다루어지는 것을 허락하여 주신 분들, 또한 그렇게 할 수 없었던 분들께도 이 기회를 빌어 진심으로 감사드리고 싶다. 나는 수많은 사람에게서 많은 것을 받았기 때문이다.

　나는 이렇게 일반 독자를 위한 책을 출판할 때마다 '굳이 이처럼 미묘하고 약간은 특이한 케이스를 소개하는 글을 쓰게 되는 이유는 무엇인가?' 라고 자문한다.

　결국 글로 쓰게 되는 것은 내가 이를 필요로 하기 때문이다. 가족이나 사회라는 것이 개인에 대한 하나의 구속으로 작용하고 있는 상황에서 자신의 욕망(그것을 아는 것 자체가 크나큰 일이다)을 간파하고 그에 따라 사는 것의 편안함을 깨닫는 일은 정말로 어렵다. 어려운 일이지만 세상에서 통용되는 이른바 상식이라는 것에서 벗어나 세상을 이렇게 바라보는 방법도 있다는 사실을 전할 기회가 되었음이 나에게는 아주 소중하다.

사이토 사토루

1 가족을 만드는
여성들

어느 결혼식에서

젊은 후배의 결혼식에 갔었다. 후배인 신랑은 30대 중반의 모 여자 대학교 조교수였고 신부는 30대 초반의 은행원이었다. 주례를 맡은 신랑의 은사는 피로연에서 두 사람이 결혼하게 된 동기를 이야기하여 주위를 웃음바다로 만들었다.

신랑은 지방 도시의 대학교에 근무하고 있었다. 잠시 동안 도쿄의 집에 머물면서 연구 활동을 하다가 다시 대학이 있는 지방 도시의 하숙집으로 돌아왔을 때 새삼스레 외로움을 느꼈고, 그때 결혼을 해야겠다는 생각이 들었다. 그는 그때까지 알고 지내던 여성들 중에서 자신의 배우자로 적당하다고 생각되는 몇몇 여자를 골라 결혼을 시도했다.

첫 번째 시도는 실패였다. 두 번째 여자와는 몇 번 만나 데이트도 하고 술도 마시면서 친숙해졌다. 얼마 후 그는 두 번째 여자에게 전화를 걸어 "갑작스러운 말이겠지만 저와 결혼해 주지 않겠습니까?"라며 청혼했다. 그러자 그 여성은 이렇게 대답했다.

"프로포즈할 때는 '부족한 사람입니다만'라고 말해야 하는 것 아닌가요?"

그렇게 해서 청혼이 받아들여지자 신랑은 흥분하여 밤새 방 안을 서성였다고 한다.

"신랑은 신부에게서 뭔가 의지할 수 있다는 포근함을 느껴서 끌렸다고 합니다"라며 주례의 말이 계속 이어졌다.

나는 '바로 이것이 문제다' 하는 생각이 순간적으로 들었다. 요즈음 젊은 남자들은 자신에게 어떤 어려운 문제가 생길 때, 여성에게 기대어 응석을 부리고 싶어한다는 사실을 깨닫지 못하는 것 같다.

최근에는 일본에서 이혼하는 연령층이 계속 높아지고 있다. 얼마 전까지만 해도 이혼의 절반 이상이 결혼한 지 5년 이내에 일어났으나, 최근의 조사에 따르면 결혼 후 이혼에 이르는 기간이 평균 10년 정도로 길어졌다. 이것은 과거에는 찾아보기 힘들던 중노년층의 이혼이 증가했기 때문이다. 그런데 중노년층 이혼의 대부분은 아내 쪽의 요구에 의한 것이다.

대부분의 남성들 심리에 앞에서 이야기한 후배와 같은 경향이 어느 정도는 내재되어 있지만, 일본의 남자들은 자신의 파트너인 여성에게 모성적 감정을 느껴 그녀에게 심리적으로 의지하고 싶어한다. 세상 사람들도 여성의 이러한 어머니 역할을 미덕으로 여기고 그것을 여성에게 요구한다.

일본 여성들은 전통적으로 순종적인 성향이 강하고 자상하기 때문에 별다른 거부감 없이 이러한 역할을 받아들이고 결혼 생활을 꾸려 나간다. 그렇게 살아가는 동안에 차츰 자신의 존재는 생활에 묻혀 버리게 되고 결국 결혼 생활에서 그다지 행복을 느끼지 못하게 되고 만다.

그러나 최근 들어 여성의 자기 주장이 강해지면서 더 이상 이런 식의 결혼 생활은 싫다고 생각하는 여성이 늘어나고 있다. 이제 남편의 어머니가 되는 것에 만족하지 않는 것이다. 나는 결혼을 앞둔 모든 여성에게 남편의 어머니가 되지 않도록 주의하라고 당부하고 싶다. 후배의 신부에게도 마찬가지 당부를 하고 싶은 마음이다.

결혼 후 4년

　결혼식장에서 돌아오면서 내가 주례 섰던 결혼식의 수를 세어 보았다. 전부 30쌍 가까이 되었다. 내 나이에 이 정도의 주례 횟수면 많은 것일까 아니면 적은 것일까?

　이들 가운데 2쌍이 이혼했다고 들었다. 일본의 이혼율이 약 10쌍 중 1쌍 꼴이라고 하니 아직은 전체 이혼율보다는 낮다고 할 수 있겠다. 물론 이들 중에는 심각한 위기를 맞고 있는 부부나 앞으로 끝까지 해로를 하지 못하고 헤어질 부부가 있겠지만 말이다.

　우리 부부 역시 다른 부부와 마찬가지로 위기가 몇 번 있었으나 지금까지 함께 살고 있다. 우리 두 사람 사이에 이혼이라는 말이 나올 만큼 심각했던 위기는 결혼 4년째와 10년째쯤에 있었다. 우리가 스물아홉, 스물둘에 결혼했으니까, 내가 서른세 살이던 해와 마흔살 전후였던 것 같다.

　후자의 경우를 먼저 말한다면, 아내의 친구들 중에서도 몇 명은 이혼을 했거나 이혼을 심각하게 고려중이던 무렵이었다. 당시 전업 주부였던 아내는 자기중심주의에 빠져 있었고 제멋대로인 남자들을 자주 비난하곤 했다. 나 또한 그런 남자의 범주를 벗어나지 못했던 모양이다.

"당신은 좋겠네요. 바깥일만 신경쓰면 되니까."

"잘난 체하지 마세요. 당신이 여자들 일에 대해 얼마나 안다고."

"아버님 일도 그렇고, 이사하는 것도 제가 다하고 있잖아요. 당신이 하는 게 뭐 있어요?"

"아무개(아내 친구)는 제가 당신에게 너무 잘해 준다고 말해요."

당시 우리 부부 사이가 이혼을 심각하게 고려할 만큼 시간적으로 한가하거나 절박한 상황은 아니었다. 아내는 중풍으로 쓰러지신 시아버지의 간호와 여덟 살, 네 살 난 두 딸의 뒤치다꺼리로 정신없이 바쁜 하루하루를 보내고 있었기 때문이다. 어쨌든 아내는 거의 매일같이 이런 식의 똑같은 불만을 털어놓았다. 사실 이것은 아내의 불만을 이해해 주지 못하고 있었다는 증거이다. 아내에게 온갖 집안일들을 떠맡기고 있다는 것을 알고는 있어 아내를 배려해 주어야겠다는 마음은 있으면서도 내 일에만 신경쓰는 나날을 보내고 있었다.

그 무렵을 전후해서 아내는 약사 자격을 살려서 개인 병원을 운영하는 친구의 일을 때때로 도와주고 있었는데, 그 친구가 심리 상담실을 개설하면서 아내를 직원으로 채용했다. 아내가 내 직업상의 인간관계 속에 끼어드는 것에 망설임이 있었으나 지금은 그렇게 하기를 오히려 잘했다는 생각이 든다.

아내는 매일 출근하게 되자 일이 더 많아지고 바빠졌지만 그 이후 우리 사이에 이혼 이야기가 나온 적은 없다. 그 대신 심리 상담실에 찾아오는 부부들의 갈등 문제와 사춘기 자녀들의 정서적 위기 문제 등에 대해서 두 사람이 토론하는 기회가 많아졌다.

이때의 위기에 비하면, 결혼 4년째에 있었던 위기가 훨씬 크고 심각했던 것 같다. 내가 프랑스 정부의 국비 유학생이던 당시 우리 부부는 갓난아기인 큰딸과 함께 파리에서 살고 있었다. 세세한 이야기까지 여기에서 할 수는 없지만 아내는 나와의 큰 다툼 끝에 결혼 반지를 세느강에 던져 버리고서 아기와 함께 일본으로 돌아갔다.

아내에게 버림받고 파리의 아파트에 홀로 남게 되었을 때, 그 기분은 뭐라고 설명해야 좋을지 모를 아주 복잡한 것이었다. 한편으로 길이 새롭게 열리고 자유로워지는 기분에 들뜨기도 했다. 실은 그 일이 있고 몇 개월 간 여러 여성과 교제했다. 그러나 다른 한편으로는 애착이라는 따뜻한 외투가 벗겨진 채 추운 길거리를 헤매는 듯한 참담한 기분에 빠져 무슨 일 하나 제대로 할 수가 없었다. 담배 흡연량이 갑자기 늘어 재떨이는 항상 담배꽁초로 넘칠 지경이었다.

어느 날 밤 자신도 모르게 오른손이 머리를 쓰다듬고 있는 것을 느꼈다. 이것은 어렸을 때부터 곤경에 처하면 나오는 버릇이었다. 나는 자신에게 속삭였다.

"그래 알았어. 네가 하자는 대로 할게."

다음 날 나는 유학을 받아 준 프랑스 정부 보건성에 전화하여 일단 유학을 끝내고 일본으로 돌아간다는 뜻을 전했다. 가족과 헤어진 지 반년 만에 파리 생활을 정리하고 하네다 공항에 도착하고 보니 아내와 딸이 마중 나와 있었다. 나도 반가웠지만 아내와 딸이 진심으로 반기는 것 같아 어찌되었건 그것으로 위기는 지나갔다.

여러 가지로 문제가 많은 부부였으나 지금까지 함께 살고 있다는 것은 서로에 대해 느끼는 불만 못잖게 서로를 필요로 하고 있는 면이 있다는 뜻이 될 것이다.

결혼식에서 돌아오는 길에 서점에 들러 며칠 전 신문의 북리뷰에 실렸던 책을 한 권 샀다. 미국의 인류학자 헬렌 피셔가 쓴 『사랑이 왜 끝나는가』라는 제목의 번역서였는데, 결혼에 대해 생각하다 보니 이 책이 떠올랐던 것이다.

피셔는 세계의 61개 부족과 각 국가의 통계를 비교 연구한 결과, 이혼 확률이 가장 높은 시기는 결혼 후 4년째라고 단언하며 그 이유를 다음과 같이 설명하고 있다.

일정 기간에 걸쳐 암수 한 쌍이 새끼를 낳고 활기차게 키우는 동물은 전체 동물의 3퍼센트 정도에 불과한데 사람이라는 동물 역시 그 부류에 속한다. 그러나 이렇게 암수 간에 짝짓기를 하는 동물은 보통 새끼를 완전히 키운 뒤에는 짝 관계를 청산한다고 한다.

이러한 행동, 즉 짝짓기, 성교, 자식 키우기, 사랑의 종말은 각각의 종족이 갖고 있는 고유의 DNA 유전자에 내포된 생화학적 변화에 기초하고 있다.

동물은 이성을 보는 순간 사랑에 빠진다. 사랑에 몸을 불태우며 짝짓기를 시도하고 이 단계에서 체내에 아드레날린이라는 호르몬이 분비된다. 사랑에 빠져 성행위를 하고 집을 만들고 새끼를 낳는다. 이러한 애착의 시기에 점차 늘어나는 것이 엔돌핀이라는 호르몬이다. 태어난 새끼는 성숙기에 이르면 집을 떠난다. 다시 말하면 가정이 주는 안정을 버리고 새로운 모험을 찾아 떠나는 것이다.

동물행동학자 노버트 비숍에 의하면 이렇게 집을 떠나는 행동의 근본에 작용하는 생리는 방만 반응(放漫反應)인데, 그것은 엔돌핀 과잉으로 인해서 생긴다고 한다. 엔돌핀은 아편, 코카인, 암페타민(각성제) 등과 아주 닮은 물질로서 체내의 마약이라고 불리는 물질이다. 이러한 엔돌핀 과잉 상태는 개체를 대상의 애착으로부터 떼어 내어 새로운 대상을 찾아 모험의 길로 나서게 한다. 그 단계에서 또다시 작용하는 것이 아드레날린이다.

이러한 아드레날린과 엔돌핀의 교체 리듬에는 동물 종족 고유의 패턴이 있으며 인간의 경우에는 주기가 대략 4년이라는 것이 피셔의 주장이다.

1973년 아프리카 초원에서 초기 인류(호미니드)의 화석이 발견되었는데, 이는 300만 년 전 빙하기가 도래하면서 지구의 기후가 건조해지자 아프리카의 광대한 정글이 초원 지대로 바뀌면서 나무 위에서 땅으로 내려오게 된 현대 인류의 직계 조상으로 여겨지고 있다. 발견자 도널드 요한슨은 그 이름을 '루시' — 여성이었으므로 — 라고 지었다. 비틀즈의 노래인 '루시는 다이아몬드를 가지고 하늘에(Russi in the Sky with Diamond)'에서 따온 것이라고 한다. 비틀즈 세대인 우리에게는 아주 친숙한 노래로 환각제에 취해 있는 소녀를 생각하며 부른 노래라고 한다.

동정 기술을 사용하여 루시의 유골로부터 DNA를 분석한 결과 인류학자들은 이 화석이 오늘날의 우리와 똑같은 DNA의 소지자라는 사실을 확인했다. 생물의 DNA가 일치할 경우 둘은 서로 같은 종으로 볼 수 있는데, 300만 년 전 나무에서 내려와 직립 보행을 하게 된 이들이 꾸준히 진화하여 오늘날의 우리가 된 것으로 보고 있다. 여성이 가지고 있는 미토콘드리아의 DNA와 남성의 DNA가 섞이지 않은 상태로 자손에게 유전되는 것이다.

루시의 DNA가 현재의 우리에게까지 유전되고 있다면 그들이 두 다리로 똑바로 걸어 다닐 수 있었던 것과 마찬가지로 그들의 성생활이 우리에게 전해졌을 터이다. 300만 년 전의 초기 인류가 현재의 침팬지와 비슷한 성생활을 영위하고 있었다면, 한 남자와 만나고 나서 4년 후에 자식을 키워 버린 루시와 같은 여자 조상은 새로운 만남과 모험을 찾아 그때까지와는 전혀 다른 그룹에 들어갔을지도 모른다.

그들도 함께 살며 정이 든 애정 관계를 청산할 때 오늘날 우리가 느끼는 것과 같은 이별의 착잡함을 느꼈을까? 엔돌핀 과잉 상태에 의한 방만 반응이 일어날 때 기존의 애정을 청산함으로써 찾아오는 쓸쓸함과 허전함의 아픔을 느끼게 된다. 이 또한 태고적부터 전해 내려온 것이라고 피셔는 주장한다.

🌼 첫눈에 반한다는 현상

그렇다면 어떻게 해서 사람은 특정한 이성을 결혼 상대로 선택하는 것일까? 이 선택에는 사람이 별로 의식하지 못하는 메커니즘이 작용하는 것 같다. 바꾸어 말하면 우리는 우리가 생각하듯 자신의 의지로 자유롭게 결혼 상대를 선택하고 있지 못하다는 뜻이다.

파티 석상에서 이쪽 끝과 저쪽 끝에 떨어져 있더라도 서로를 끌어당기는 '첫눈에 반한다'는 현상이 있다. 이것은 행복한 관계의 시작이 될 수도 있지만 한편으로는 매우 위험한 관계의 시작이 될 수도 있다. 이렇게 잘라 말할 수 있는 까닭은 정신과 의사로서 갈등을 겪고 있는 많은 부부와 상담한 경험에서다.

여자의 보살핌을 필요로 하는 남자와 이런 남자에게 필요한 존재이고 싶어하는 여자가 만나면 쌍방은 한순간에 상대의 욕구를 알아채고 아드레날린을 분비하면서 하나가 되어간다. 여자는 보살핌을 주고받는 것과 사랑을 혼동하며 기꺼이 남자의 어머니 같은 역할을 떠맡게 되며, 점차 그 역할에 짓눌려서 자신의 인생은 잃어버리고 말았음을 뒤늦게야 깨닫는다. 남자는 이성을 사랑할 수 있는 진정한 성숙의 기회를 잃어버리고 다시 어린이로 돌아 간다. 쌍

방의 결함이 그러한 만남을 이루게 했지만 정작 당사자들은 그것조차 감지하지 못한다. 자유 의지로 상대방을 선택했다고 생각하는 것이다.

이렇게 잘못된 이끌림에 의해 맺어진 커플의 갈등을 상담하다 보니 맞선이라는 것은 이러한 만남을 피하기 위한 대안으로 적절한 제도가 아닐까 하는 생각마저 들 정도이다. 물론 맞선은 상대와의 조건 맞추기에만 급급해져서 욕구가 동반되지 않는 형식적인 부부를 탄생시킬 우려가 있다. 하지만 여러 해 같이 살다 보면 엔돌핀이 충만한 관계가 될 수 있으나, 제시된 조건에 거짓이나 착오가 발생했을 때 충돌이 생기는 부부가 많이 있는 것을 보면 세상에 짝 맞추는 일처럼 어려운 일이 없다는 생각이 들곤 한다.

✿ 패턴의 반복

─ 알코올 중독증 남자를 선택한 여자

얼마 전 알코올 중독자인 남자가 현재의 부인과 어떻게 결혼했는지를 조사한 적이 있다. 맞선, 형이나 누나의 권유, 친구 소개 그리고 앞서 말한 첫눈에 반한 만남 등 여러 가지 계기가 있었지만, 가장 놀랐라운 점은 알코올 중독자 부인 4명 중에 1명 꼴로 아버지가 알코올 중독자였다는 점이다.

아버지의 음주로 몹시 고생을 했던 딸이 알코올에 연연하는 남자를 일부러 선택했을 리는 없겠으나, 굉장히 많은 여성이 그러한 선택을 하고 있었다. 그녀들이 처음부터 술에 의존하는 남자를 의도적으로 선택했던 것은 아니다. 주위의 남자 친구들 중 아무래도 자신의 도움 없이는 못살 것 같은 남자를 선택해서 20년 정도 보살펴 주며 살다 보니 어느새 그 남자는 알코올 중독자가 되어 있었던 것이다. 또는 애인과 헤어지고 외로울 때 옛날부터 자신을 사모해 온 남자의 사랑을 받아들여 함께 살다 보니 그 남자의 알코올 중독증이 확실하게 나타났다는 것이다.

그녀들의 어머니 역시 그렇게 배우자를 골랐을 것이고 그렇기 때문에 그녀들의 아버지들 역시 알코올 중독자가 되었다고 할 수 있다. 문제는 알코올 중독이라는 겉으로 드러나는 문제에 한정되지 않는다. 대다수의 딸들은 어머니와 같은 과정으로 배우자를 선택하고 살아가면서 어머니와 같은 행복을 느끼고 같은 불행을 한탄하는 것 같다.

— 어느 열아홉 살 여성의 남성 편력

변호사인 친구가 서류 하나를 보내며 내게 자문을 요청했다. 그는 청소년 범죄 변호의 전문가로서 보다 진지한 차원에서 그들의 범죄 행동을 이해하고자 노력하는 사람이다. 그 서류에는 열아홉 살 여성의 범죄와 그 여성이 거쳐온 남성 편력이 씌어있었다. 내가 '배우자 선택의 불가사의'를 변호사 친구에게 이야기한 직후 친구는 이러한 사례의 변호를 담당하게 된 것이고 그 문제에 대한 해답을 나에게 구하려고 자료를 보내온 것이다. 나로서는 이에 대한 적절한 대답을 찾지 못해 고민에 빠져 있는 상황이다.

이 젊은 여성은 야쿠자 조직원의 아내이자 비행 청소년 수십 명의 리더인데, 자기 밑에 있는 열일곱 살 난 한 소녀가 자신과 자신이 이끄는 그룹에 경의를 표하지 않고 집합 명령을 무시한 것에 앙심을 품었다. 그녀는 부하 소년들을 동원하여 그 소녀를 가두어 놓고 나체로 만들어 성폭행을 당하게 하고 40일 동안이나 감금시킨 죄로 체포되었던 것이다. 다행히 피해자는 구출되었고 이 여성은 체포되어 재판을 기다리고 있다.

친구는 변호를 시작하면서 나를 찾아와 사건의 개요를 설명하고 구치중인 그녀를 면접할 때 유의해야 할 점을 물었다. 나는 이 여성(A양이라고 부르자)의 이성 관계, 부모와의 관계에 대해서 정보를 수집해 달라고 했다. 변호사와 A양과의 면접은 변호 활동에 도움이 되었을 뿐만 아니라 치료적이었다고 생각한다. 그러나 여기서 다루고자 하는 것은 그 점이 아니라 변호사가 A양의 이야기로부터 받은 충격에 대해서이다.

A양은 현재의 남편 이전에 3명의 남자와 동거한 경험이 있었다. 이 4명의 남자들과 A양의 아버지 사이에는 놀랄 만한 공통점이 보였다. 변호사는 사건의 개요와 A양과의 면접 내용을 문서로 작성하여 나에게 보내 주었다.

최초의 남자(B1이라고 부르자)는 A양보다 한 살 연상으로 A양은 열다섯 살부터 열여섯 살까지 1년 간 동거했다. 머리칼을 갈색으로 물들인 소년은 처음 3개월은 자상했지만 그후에는 술을 마시면 난동을 부리거나 A양을 구타했다. 부어 터진 입술이 코에 붙을 정도로 폭행을 하는 데다가 A양의 외출을 싫어해서 귀가했을 때 A양이 없으면 몹시 화를 내곤 했다. 이 소년이 환각제에 손을 댄 것을 계기로 A양은 도망쳐서 아버지의 집으로 돌아왔으나 거기에도 있을 수 없어 친구 집에서 신세를 지게 되었고 얼마 후 B2와 사귀게 되었다.

B2 역시 한 살 연상으로 A양이 열여섯 살 때부터 1년 간 동거했다. 이 남자도 처음에는 상냥했다. B2의 집에는 어머니가 없으며 아버지는 알코올 중독증 환자로 거의 언제나 취해 있고 남동생 2명과 여동생이 있었다. B2는 이 집의 생계를 이어 가는 가장과 같은 존재로서, 처음에는 토목 공사장에서 검게 그을리며 열심히 일했으나 술과 본드를 즐기게 되어 결국 일을 그만두게 되었다.

B2 동생들의 어머니 역할까지 할 각오이던 A양에게 B2의 아버지는 성관계를 요구했고, B2는 밖에서 만난 여자를 데리고 들어와서는 그녀와 동생들이 자고 있는 곳에서 버젓이 섹스를 하기도 했다. 이 남자 또한 A양을 자주 때렸다. A양은 어머니가 있는 곳으로 도망쳤으나 거기도 자신이 있을 곳이 못 되었으며 B3를 알게 되자마자 또다시 동거에 들어갔다.

B3는 여섯 살 연상의 폭력 단원으로 파친코 도박장에서 일하고 있었다. B3와는 열일곱 살부터 열여덟 살까지 약 1년 간 동거했는데 그 또한 이전 두 사람과 같이 처음에는 자상했고 A양의 외출을 싫어했다. B3는 술은 마시지 않았으나 본드와 각성제를 즐겨서 본드에 취하면 공격적이 되어 벽을 주먹으로 치고 A양도 때렸다. 원래 복싱 선수 출신으로 자주 때리지는 않지만 주먹을 휘두를까 몹시 무서웠다. 어떤 때는 도망가지 못하도록 화장실로 몰아넣고 때렸다.

A양이 임신을 하자 같이 기뻐하던 것도 잠시 B3는 가출한 A양의 친구와 사귀더니 성관계를 가졌다. A양은 팔목의 동맥을 자르고 태아는 유산했다. A양은 B3와 자신의 친구의 관계가 계속 이어

지자 입버릇처럼 죽고 싶다고 했다. 어느 날 B3가 입으로만 말하지 말라며 고함을 치자 A양은 라이터 기름을 머리에 붓고 불을 붙여 자살을 기도했고, 그때의 화상이 손과 배에 남아 있다. 이 일로 B3는 A양을 남겨 두고 떠나가 버렸다. 결국 A양은 다시 아버지의 집으로 돌아왔지만 얼마 지나지 않아 친구의 소개로 알게 된 지금의 B4를 만나 결혼했다.

B4는 두 살 연상으로 소년원 출신의 야쿠자 조직원이며 본드와 각성제의 흡입 경력이 있다. 이 남자와는 A양이 열아홉 살일 때 혼인 신고를 했지만 그로부터 3개월 후에 이번 사건을 일으킨 것이다. A양이 구속중인 현재까지는 A양을 구타한 적은 없지만, A양은 언제나 경어를 사용할 정도로 긴장하고 있었다. 이제는 이혼하고 싶다는 말을 했다.

인간은 대체로 동일한 인간관계를 되풀이한다. 문제 있는 인간관계가 반복되는 것은 불가사의한 현상 같지만 그 나름대로 필연성을 지니고 있다.

A양은 집에서의 고통스런 생활로부터 벗어나기 위해 B1에서 B4까지 4명의 남자들과 사귀었다. 집에서는 부모 둘 다 술을 마셨고 술을 마시면 반드시 치고받으며 난리를 피웠다. 아버지와 어머니는 언제나 서로 으르렁거렸고 특히 아버지는 "너희들을 구제해 준 사람이 누군 줄 아느냐"라며 어머니를 마구 구타했다.

A양의 아버지는 새어머니가 데리고 들어온 의붓언니를 겁탈하려고 했고 이 때문에 이혼했다. 새어머니는 A양을 수시로 때리고 머리채를 잡고는 발로 걸어찼다. 유치원에 다닐 때에는 모기향 불

로 팔을 지지기도 했다. 아버지 역시 어렸을 때부터 A양을 구타했으며 유아인 A양이 7개월 동안 두 번이나 당한 골절이 누구의 폭력에 의한 것인지조차 알 수 없었다. 그리고 새어머니와 언니 앞에서 A양은 '짐승 같은 인간의 자식'이었다.

어린 시절의 이러한 성장 환경 때문에 A양은 정서적으로 안정을 찾을 수 없었다. A양은 초등학교 때부터 학교에 가면 열이 나고 구토를 했다.

B1부터 B4까지 4명의 남자들이 처음 얼마 동안 다정하게 대해 줄 때 A양은 '아버지가 이런 사람이었다면 얼마나 좋을까?'라는 생각을 했다. 남자들이 자신의 몸을 요구해 올 때마다 행복했다. 남자 관계가 지속될 때에만 쓸쓸함에서 벗어날 수 있으므로 A양은 여러 명의 남자를 받아들였던 것이다. 이미 중학교 3학년 때 낙태한 경험이 있었으며 B3와의 사이에 임신한 아이도 유산했다.

남자들이 구타하면 남자는 모두 아버지와 똑같아서 하나같이 여자를 때리는 존재들이라고 생각했다. 깊은 상처를 받고 아버지가 있는 곳으로 돌아와도 견디지 못해 다시 집을 나가고 또 남자를 만나게 되었다.

A양은 자신의 어머니가 아버지에게 대들다가 얻어맞았듯이 남자들에게 왜 정신 좀 차리지 못 하느냐, 왜 나에게 좀 더 관심을 보이지 않느냐고 대들다가 구타당하곤 했다. 한번 맞게 되면 그것은 두 사람 사이에 생활의 패턴이 되어 버렸다. 귀가한 B2에게 수고했다고 말한 것만으로 구타를 당했을 때, A양은 자신이 남자를 화나게 만드는 존재라는 생각을 갖게 되었다. 게으름뱅이 B3와의 생활

에서는 어머니가 하던 똑같은 말로 남자를 비난하고 있다는 사실을 깨달았다. 절대로 어머니 같은 여자가 되지 않겠노라고 그렇게 다짐했음에도 불구하고 말이다.

이러한 잘못된 남자 관계의 반복은 어린 시절 A양이 집에서 학습한 것의 연장일 뿐이다. 그것이 아무리 고통스럽고 견디기 힘든 것일지라도 부모로부터 버림을 받는 것보다는 나았던 것이다. A양은 자신이 부모와 남자에게 맞았듯이 약자가 강자에게 맞는 것은 당연한 일이라고 생각했다. A양이 속한 패거리에서 가장 강한 사람은 야쿠자의 아내인 A양 자신이었다. 그런데 피해자 소녀는 리더인 자기의 권위를 무시하고 그룹을 빠져 나가려고 했다. 이것이 그녀의 분노를 폭발시켰던 것이다.

"약자가 강자에게 복종하지 않으면 어떻게 되는지 몸으로 깨닫게 해줄 거야."

A양은 자신이 어머니에게 당했던 것처럼 피해 소녀의 머리채를 난폭하게 움켜쥐고는 몇 번이고 걷어찼다. 소녀의 얼굴은 보름달같이 부어올랐고 입술은 코에 붙었다. 그것은 어릴 적부터 친숙해진 자신의 얼굴이었다.

어린 A양의 애착의 대상인 아버지가 딸을 안전하고 따뜻하게 대해 주는 자상한 아버지였다면 얼마나 행복했을까. A양은 늘 마음속에 그런 아버지의 모습을 그리며 자랐을 것이다. 성장하면서 그런 아버지의 모습을 주위의 남자들 속에서 찾았을 것이다. 그렇기 때문에 A양은 '아버지의 특징'을 갖춘 남자들에게 애착을 느끼기 시작했다.

거칠고 난폭하며 여자를 인간 취급하지 않는 잔인한 남자, 알코올이나 마약을 즐기며 취하면 알 수 없게 변해 버리는 남자, 여자에 대한 소유욕이 강해서 외출을 허용하지 않는 남자, 마음에 들지 않으면 마구 두들겨 패는 남자, 만약 이런 남자들이 A양의 보살핌과 사랑으로 인해 변화하여 그녀를 아내로서 소중하게 여겨 안전하게 지켜 주는 착한 남자로 변신한다면 그녀에게 있어 인생은 살아 볼 만한 값진 것이 된다. A양에게 있어 삶의 의미는 그녀가 이 게임에서 승리를 쟁취하는 데에 있는 것이다. 그 때문에 A양은 이러한 부류의 남자를 반복하여 선택한 것이다.

가족이란 무엇인가

A양의 부모가 아마 짐승 같은 괴상한 얼굴을 가진 인간일 거라는 생각은 맞지 않을 것이다. 변호사에 의하며 아버지는 솔직해 보이는 인상의 노동자라고 한다. 분명 오늘도 어느 건축 현장에서 땀 흘리며 일하고 있을 것이라는 이야기이다. 어머니는 자그마한 체구의 미인형이었다고 한다. 어머니 역시 자신이 경영하는 마작 가게에서 오늘도 손님들에게 애교스런 미소를 흘리고 있을 것이다.

성실한 보통 사람들로 보이는 그들은 하지만 무엇 때문에 그렇게 불쾌하고 위험한 가족을 만들었을까?

A양의 아버지는 어머니로부터 추궁을 받으면 언제나 너희들을 구제해 준 게 누군 줄 아느냐고 화를 냈던 것으로 보아 어린자녀를 데리고 있던 어머니가 경제적인 필요 때문에 결혼하지 않았을까 짐작된다.

아버지 또한 뭔가 필요로 하니까 재혼했을 텐데, 아버지는 결혼에서 무엇을 기대했을까? 설마 마음대로 화내고 때릴 수 있는 상대를 구하고 있었던 것은 아닐 터이다.

어느 가족 사회학자는 '가족이란 기본적인 공동 생활을 통해 구성원 각자의 욕구를 만족시키는 인간 집단'이라고 정의했다. 인간의 가장 기본적인 욕구는 식욕이나 성욕이라기보다는 안정 욕구이다. 신체적으로나 정서적으로 안정이 확보되고 나서야 식욕이 있고 성욕이 있는 것이다.

A양에 의하면 그녀가 성장한 집에서는 어머니에게 책망만 들어 아버지를 포함한 가족 모두 자존심에 상처를 입고 어느 누구도 안정을 얻지 못했다.

그러한 기본적인 욕구가 충족되지 못했음에도 불구하고 그 가정은 민법상으로 가족이라는 조건을 갖추고 있었으며 사회의 구성 단위로 인정받고 있었다. 일반적으로 세상에서 말하는 가족이란 본질적으로 사회적 제도의 소산이며 뿌리 깊은 관습의 소산이다. 그러나 사람이라는 동물이 자신들의 필요를 만족시켜 주지 못하는 그러한 제도의 틀 속에 언제나 자신을 속박할 이유는 없다.

이러한 제도의 틀에서 가족을 만들고 유지해 나아가려는 사람이 있는가 하면 그 제도로 인해서 희생양이 될 수밖에 없는 다른 사람이 있지 않은가를 심도 있게 살펴보아야 할 문제이다.

가족을 필요로 하는 것은 과연 남자일까 여자일까. 아니면 우리가 믿어 왔듯이 남녀 모두일까?

아내의 죽음을 두려워하는 남자들

이 문제를 따져 봄에 있어 내가 알고 있는 다음 자료는 많은 것을 시사하고 있다. 자료에 의하면 알코올 중독증의 평균 사망 연령은 52세로 되어 있다. 다양한 방면의 조사 결과를 비교해 보더라도 이 수치는 이상하리만큼 일치한다. 알코올 중독증의 전형적인 사망 원인인 간경색과 대퇴골 두괴사로 세상을 떠난 유명 여자 가수도 쉰두 살에 사망했다.

그런데 남성 환자의 경우 평균 사망 연령을 혼인 관계별로 보면 현저한 차이가 있다는 점에 놀라게 된다. 한번도 혼인 경력이 없는 남자들의 경우 평균 사망 연령은 40대 중반이며, 아내가 있었지만 달아나 버린 남자들은 40대 후반이었다. 이에 비해 아내와 동거하고 있는 남자들은 60대를 지나 사망하는 경우가 많았다. 반면에 여성의 경우에서는 그러한 차이를 찾아볼 수가 없었다.

알코올 중독증 환자의 경우에만 국한되지 않고 아내와 사별한 남자들은 일찍 사망하는 데 비해, 여자는 남편을 잃고 장수하는 사람이 많다. 할머니들 중에는 남편이 죽고 나자 오히려 집안일에 구속받는 일 없이 자유롭게 활동할 수 있어 살 맛이 난다고 말하는 경우가 심심찮게 있다. 물론 남자의 생리적 평균 수명이 여자보다 짧기 때문이기도 하겠지만, 이러한 남녀의 수명 차이는 남자가 여자의 보살핌 없이는 오래 살 수 없는 나약한 동물이라는 사실을 의미하는 것은 아닐까?

몇 년 전 어느 잡지에서 '남편의 귀가 거부증'을 특집으로 다룬 적이 있다. 그때 그 출판사가 주변의 기업에 근무하는 샐러리맨들에게 여러 가지 설문 조사를 했다. 앙케트 결과에 대한 좌담회에 초대를 받아서 참석했는데 그 조사 결과를 보고 그만 실소를 금치 못하고 말았다.

귀가 시간이 자정 이후인 샐러리맨이 많았고 그중에는 저녁 여덟 시면 귀가할 수 있음에도 불구하고 퇴근 후 여가를 즐기고 있는 사람이 있었다. "부인께서는 어떻게 생각한다고 보십니까?"라는 질문에는 거의 대부분의 샐러리맨이 "아내가 이해하고 기다려 주리라고 믿는다"라고 대답했다.

원기 왕성한 현역의 산업 전사들은 아내에게 어머니와 같은 마음을 기대하고 있는 것은 아닐까? 더욱 모순되게 여겨졌던 것은 "당신에게 가장 불안한 것은 무엇입니까?"라는 질문에 "아내가 먼저 죽는 것"이란 대답을 한 사람이 가장 많았다는 점이다. 이렇게 본다면, 남편들은 밖에서 실컷 즐기다 배가 고파 집에 돌아가면 따뜻한 밥상을 차려 놓고 문 앞에서 미소를 지으며 기다리는 어머니와 같은 아내의 보살핌을 기대하고 있으니 개구쟁이 아이들과 다를 바 없다.

🌸 모성적 애정

300만 년 전에 살았던 루시의 부족은 서로가 이성을 필요로 하여 일정 기간 동거한 것 같다. 그렇게 함으로써 아기를 낳고 키우게 되었으며 그 결과 그들과 같은 DNA 유전자를 가진 오늘날의 우리가 존재하게 된 것이다. 그러나 신장 120cm, 뇌용량 400cm³ 정도의 동물이 뇌용량 1000cm³가 넘는 호모 사피엔스 즉 현재의 인류로 진화되는 과정에는 엄청난 변화가 있었다.

불을 사용할 수 있게 되었으며 언어를 취득하는 과정에서 두개골은 두 배로 커진 대신 다른 동물에 비해 생리적으로 조산이 불가피했고 출산 때의 고통을 극복한 사람만이 자손을 남길 수 있었다. 결과적으로 모친의 가슴에는 자력으로는 생존할 수 없는 미숙아에 대한 심려가 떠나지 않았다.

미숙아는 침팬지 신생아 정도의 신경 기능을 갖추는 데도 10개월 가까이 필요했으며 성숙한 몸을 갖게 되기까지 16 ~ 17년 걸렸다(수렵이나 채집을 하던 인간 소녀의 첫 월경 시기는 대략 이때라고 한다). 침팬지가 성숙기에 달하는 생후 5년 무렵 사람의 아기는 나무 열매나마 제대로 따먹을 수 있을지 의심스럽다. 왼팔에 아기를 안고 있는 여자는 아기의 유무에 구속받지 않는 또 한 사람의 성인 남자의 극진한 도움을 필요로 했다. 이 사람이 아기의 아버지이냐 아니냐는 논외로 하더라도 사람이 종족으로서 살아남기 위해서는 긴밀한 정서적 유대로 맺어진 성인들 간의 관계가 불가피하다는 추측은 가능하다. 그리고 그러한 경우에 피보호자와 보호자 간의 경제적인 우위와 열세 관계가 성립될 수도 있었을 것이다.

생화학적으로 남성을 결정짓는 테스토스테론이라는 남성 호르몬은 남성 생식기나 정자만을 만드는 것이 아니라 공격적이고 지배적인 행동 패턴을 부여한다. 따라서 남자와 여자가 커플을 이루면 두 사람 사이에서 남자가 지배권을 취하는 것은 생리 구조상 오히려 자연스럽다고 볼 수 있다.

언제부터인가 사람은 남녀 쌍으로 이루어지는 혼인 규칙을 만들었다. 그중에는 침팬지들마저 인정하고 있는 근친상간의 금지와 같은 보편적인 것이 있는가 하면, 불륜에 관한 처벌이랄지 특정 집단과의 상호 인척 관계에 있어서 민족이나 부족 단위로 다른 습관이 있다.

먼저 소개한 헬렌 피셔는 호미니드(최초 인류)시대로부터 남녀 커플이 성립했을 가능성에 대해서 논하고 있다.

동아프리카 탄자니아의 올드바이 계곡 근처에서 발견된 세 개의 발자국 흔적 화석은 두 사람의 호미니드와 그 뒤를 따르는 자녀의 것이다. 물론 이것만으로 남녀 커플로 이루어진 부모가 자녀를 데리고 걷고 있었다고 단정하기는 어렵다.

페미니즘적 입장을 취하는 사람은 이와 다른 의견을 제시하고 있다. 예를 들면 수잔 케이빈은 어린 자녀는 집단 내에 가두고 성숙한 사내아이는 방출해 버리는 인류 최초의 여성 집단의 존재를 가정하고 있다. 그녀에 의하면 이 여성 집단의 와해와 함께 진행되어 온 부권적 혼인 제도의 확립은 아들이 어머니를 능욕하는 것에서 시작된다는 것이다. 무리로부터 방출해도 성적 능력을 갖추게 된 젊은 남자를 어머니와 자녀의 애정으로 사로잡아 무리에 묶어 두기 시작한 것이 가부장적 혼인의 기원이 되었다고 보는 것이다. 이 가설은 너무나 사변적이고 신화적이며 프로이트의 오이디푸스 콤플렉스와 유사한 느낌을 주지만, 어떤 면에서는 진실을 말하고 있다는 생각이 든다.

페미니스트 시인 아드리엔느 리치는 케이빈의 가설을 인용하면서 '강제적 이성애'의 성립 바탕이 되는 여자 측의 모성적인 애정을 문제삼는다. 리치는 부권 사회는 결혼한 한 쌍의 남녀로 유지되는 가정을 가장 바람직하게 여기기 때문에 사회적 압력으로 그것을 유지하고자 애쓴다고 보고 있다. 요컨대 남성은 여성의 모성적 애정에 파고든다는 것이다.

따라서 남자들이 가장 두려워하는 것은 여자들이 이성에 무관심하게 되는 것, 즉 남자들의 세계에만 관심을 쏟게 되는 것이다. 남자들은 여자에게서 세심하게 배려해 주는 마음이 사라질 것을 두려워하고 있다. 그런 까닭에 남성에 대해 관심이 없고 유능한 여성 밑에 모이는 여성들을 레즈비언이라고 조소하고 비난한다. 중세에 지식과 인격을 갖춘 여성 지도자와 그 밑에 모인 여자들은 마녀로 치부되기도 했다. 여성에게 허락된 유일한 직업적 기술의 소유자인 산파들, 자궁 수축제를 효과적으로 사용할 수 있는 의사이기도 했던 그녀들은 마녀로 규탄받을 수 있는 위험을 항상 안고 있었다.

🌸 가족 의존증이라는 병

리치의 저서를 번역한 오시마 가오리는 헤테로섹시즘을 강제적 이성애로 번역했는데, 이 '이즘'이라는 말은 다양하게 해석되고 있지만 일면에는 강제된 행위나 상태의 뜻이 내포되어 있다. 알코올리즘에서의 이즘에는 알코올에 대한 의존적 행위, 알코올에 의해 강제되어서 벗어나기 힘든 상태라는 의미가 담겨 있으므로 알코올 의존증이라는 말이 쓰이는 경우가 있다. 의학적으로 이야기할 때 알코올 중독이란 알코올에 몹시 취해 있는 상태 자체를 가리킨다. 몹시 취한 상태가 아니면 살아갈 수가 없는 사람이 취하기를 갈망하면서 살아가는 그런 생활방식이 '알코올 의존증'인 것이다.

따라서 알코올 의존증이란 언제나 취해 있는 상태를 의미하지 않는다. 어느 정도만 진행된 알코올 의존증 환자는 보통 때는 취하지 않은 얼굴을 하고 있다. 그러나 머릿속엔 술에 대한 생각, 술을 마실 것인가 안 마실 것인가에 대한 생각으로 가득 차 있다. 머리가 술에 대한 생각에서 도저히 벗어나지 못하고 행동 또한 벗어나지 못할 때 그 사람은 알코올리즘, 즉 알코올 의존증 상태에 빠져 있다고 볼 수 있는 것이다.

마찬가지로 우리가 가족 의존증이라고 할 때 이는 가족에 의존하지 않고는 살아가기 힘든 상태, 개인의 사고나 행동이 가족 관계에 얽매여 강제된 상태를 의미한다. 가족의 구성원이 가족의 유지와 질서만을 중시하고 거기에 매달린 나머지 스스로의 욕구 소재를 상실하고 감정을 억압하고 있다면 그는 가족 의존증에 걸려 있는 환자라고 할 수 있다. 사실 주변을 살펴보면 우리 모두는 이런 가족 의존증 환자로 가득 찬 일탈적이고 두려운 환경 속에서 생활하고 있는 것은 아닌가 하는 생각마저 든다.

　A양이 성장한 가족에 대해서 우리 모두는 이상하다고 말한다. 그리고 이를 문제가 있는 일부 사람들의 이야기로 보아넘기려고 한다. 일부 가족에서 성장한 일부 사람만이 이상한 행동을 한다는 것은 그릇된 논리이다. 사람들은 이러한 사고방식으로 자신의 마음의 안정을 유지하려 한다. 그러나 건전한 가족처럼 위장하는 이러한 사고방식이야말로 아주 위험한 속임수일 가능성이 있다.

　1992년 6월, 한 현직 고등학교 교사가 아내와 공모하여 장남을 살해한 사건이 있었다. 범인은 교사의 표본이라 할 정도의 모범적인 인물이었으며, 부인은 시부모를 공양하며 3형제를 키워 낸 그야말로 일본의 전형적인 현모양처였다. 살해된 스물네 살의 장남은 주위에서 평판이 좋은 청년이었다고 하니 이만큼 '건전한 가정'도 드물 터이다. 그러나 그런 집에서 살인 사건이 일어난 것이다. 사건의 원인은 대학을 중퇴하고 자신의 진로를 결정하지 못하고 시행착오를 겪고 있던 장남의 가정 내 폭력이었다.

　나는 사건이 보도될 때부터 관심을 가지고 있었다. 이런 비슷한 문제를 안고 있는 건전한 가정으로부터 상담을 받아 지혜를 짜내는 나날을 보내고 있었기 때문이다.

이 사건에 대한 최초의 지방 재판의 판결은 징역 3년, 집행 유예 5년으로 살인이라는 범죄에 대해서는 무죄 선고를 내린 것이나 같았다. 재판장은 자식을 살해하지 않을 수 없었던 부모의 고뇌에 공감하고 그 판결문에 이런 상황에서 어떤 부모든 똑같은 행위를 하지 않을 수 없을 것이다는 취지를 밝혔다. 그때 나는 내가 중심이 되어 있던 JACA(Japan Adult Children Association : 일본 조숙한 아이들을 위한 모임)이라는 그룹에 참석한 위 사건의 장남과 같이 시행착오를 하고 있는 청년들과 부모에게 반항적인 소녀들에게 말했다.

"자 봐라, 너희들은 사회로부터 영원히 추방되어도 무방하다고 생각되고 있지?"

그날 그들은 그 어느 때보다 심각한 얼굴로 내 이야기를 들었다. 자고로 가족의 존엄성과 그 유지를 외치는 사람은 많지만 가족 안에 스며 있는 암흑에 대해서 거론하는 사람은 없다. 이 책에서 나는 의도적으로 이러한 문제를 다루어 보고자 한다.

2 사랑이 지나친
여자들

❄ 아내를 찾는 남자들

아드리엔느 리치는 모성애에 의존하려는 남자의 욕구 때문에 혼인이라는 제도가 생겨났다는 주장을 하고 있지만, 혼인이라는 것이 일방적으로 어느 한쪽의 이익을 위해서 지속적으로 존재해 왔다는 주장은 설득력이 없어 보인다. 여성이 자녀에게는 물론 남편의 어머니 역할을 강요당하는 한편으로는 이를 즐기고 있다는 것은 틀림없는 사실이다.

확실히 남자와 여자는 자신을 드러내는 방식이 다르다. 미국의 심리학자 샤론 윌스나크는 미국의 곳곳에서 열리는 홈파티에 참석하여 술취한 사람과 취하지 않은 사람에게 TAT라는 심리 테스트를 실시했다. 그리고 만취한 여성이 남자를 대하는 모습을 관찰했다.

남자는 술을 마시면 자기 자랑을 시작하는 행동이 자주 관찰된다. 취기를 더해 가면서 공격적이 되지만 아직 사회성이 남아 있을 때는 그 자리에 없는 사람이 공격의 대상이 된다. 직장에서 무능하다고 낙인 찍힌 사람일지라도 자신의 능력을 알아주지 못하는 상사를 술안주삼아 마음껏 술을 마실 수가 있다. 조금 더 취하게 되면 한층 파워풀한 사람이 되어 자신만 훌륭하다는 주장을 되풀이하여 주장하며, 이를 상대방에게 억지로 납득시키려 들지만 상대방 역시 만취되어 파워풀한 사람으로 변해 있으니 되어 큰 싸움이 일어나게 된다.

이처럼 남자들의 파워 게임은 어찌 보면 단순하며 근육의 과시나 직무상의 지배권 싸움이 대부분이다. 이에 비해 여자의 경우는 심리적으로 훨씬 복잡하며 교묘하다는 것이 윌스나크의 연구 결과다.

여자는 취하면 마찬가지로 파워풀한 사람이 되려 하지만, 이는 인간관계에 있어서 상대방이 자신에게 심리적으로 의존하게 만들려는 보살핌으로 표현된다는 것이다. 곁에 있는 남자가 담배를 꺼내 물면 불을 붙여 주거나 재떨이를 찾아다 준다. 더 술에 취하게 되면 '그렇게 담배를 많이 피우면 몸에 해로워요' '그렇게 술을 많이 마시면 알코올 의존증에 걸리게 되요'라고 상대의 행동을 은근히 조종하려고 한다. 남자처럼 완력을 통해서 상대가 자신을 따르게끔 하지 않는 대신 진심으로 상대방을 배려하는 것처럼 보임으로써 상대의 행동을 바꾸어 보려는 심리적 조정 방식을 취한다.

나는 '에스트로겐'이라는 여성 호르몬이 이러한 여성적 파워의 성격을 규정짓는다고 생각하는데, 대부분의 여권론자들은 이렇게 말하면 크게 반발한다. 이는 남성 중심 사회에서 그렇게 행동하도록 오랫동안 사회적으로 길들여져 왔기 때문이라고 그들은 주장한다.

어찌되었건 여성은 자녀와 남편을 배려하고 보살피는 일을 통해 그들을 통제하고 가족 내에서 자신의 지배권을 확립하려고 한다.

이러한 결과로 남자는 자기 속옷이 어디에 있는지조차 모르게 된다. 밥을 지을 수도 요리를 할 수도 세탁을 할 수도 없게 된 남자를 통제하기는 쉽다. 더군다나 아내와 사별할 경우 혼자 살든 양로원에 들어가든 주위의 누구에게 의지하지 않고는 살아갈 방도가 없기에, 남자는 아내가 먼저 세상을 떠나는 것을 무척 두려워하는 것이다.

알코올 의존증 환자의 치료에 눈코 뜰 새가 없던 햇병아리 의사 시절의 경험에 의하면 병동에 들어오는 남자들이 얼마나 아내를 필요로 하는가를 잘 알고 있다. 의식이 깨어 있을 때는 간신히 지탱되던 중년 남자의 긍지와 자존심은 급속한 금주로 생기는 알코올 섬망이라는 정신 장애 상태에서는 사라지고 만다.

아무도 선뜻 정신과에 입원하고 싶어하지는 않는다. 그래서 나는 정신 병동이 아니고 내과 환자가 있는 일반 병동에서 알코올 의존증을 치료하고자 시도했었다. 중년의 알코올 의존증 환자는 흔히 간에 문제가 있거나 당뇨병을 가진 환자들로 특히 중증인 경우가 많다. 이런 이유로 가능하면 일반 병동에서 치료하고자 한 것인데 이를 위해서는 금주 시에 나타나는 섬망의 관리법을 연구해야만 했다. 의식 장애라도 일으켜 난동을 피우는 환자가 있게 되면 야간 당직을 서는 간호사가 당황하기 때문이다.

그때는 체력이 뒷받침되던 덕분에 매일 밤 병동에서 머물렀다. 내과 일반 병동의 간호사들이 불안해 하는 것을 간신히 안심하게 하고 입원시켰기 때문에 간호사들에게 그 이상의 부담을 주고 싶지 않았던 것이다. 병동에 머물면서 여러 가지 연구를 한 결과 어느 정도 섬망 현상을 예견하고 방지할 수 있게 되었다. 알고 보면 간단하여 병실을 밝게 하고 간호사가 자주 말을 걸도록 하면 되는 것이다. 어두운 병실의 조용함 속에 방치해 두면 섬망을 일으킨다. 환자는 자신이 집이나 직장에 있는 것으로 착각하고 섬망 현상을 일으키기 시작하기 때문이다. 환자의 의식이 몽롱해지기 시작하면 간호사가 밝은 대기실에 안내하여 '정신이 좀 드세요?' 따위의 말을 건내면서 혈압을 재거나 하면, '죄송합니다. 잠에 취해서 집에 있는 줄 알고……' 와 같은 말을 하고 미안하게 여기며 조용해진다.

이 방법으로 환자를 관리하지 않았을 때에는 어두운 병실 여기저기에서 중년 남자들의 탁한 목소리가 들려왔다. 귀를 기울이고 있으면 아내의 이름을 부르고 있는 소리가 나고 그때쯤 다른 방에서도 '여보! 어이, 어디 있어? 여보!' 라는 소리가 들려왔다. 아내를 찾고 있는 남자들의 목소리로 병동 안은 가득 찼다.

자신을 필요로 하는 존재에
매달리는 여자들

나는 오랫동안 알코올 의존증이라는 병 치료에 전념해 왔다. 그러면서 '가족이란 무엇인가' 라는 의문에 도달했다. 즉 알코올 의존증 환자들은 '어떤 가정에서 자라났고 어떤 부모 자식 관계를 가지고 있는가? 어떻게 배우자를 선택하고 어떻게 결혼생활을 했으며 자녀를 키웠는가?' '알코올 의존증 부모를 둔 자녀들은 어떻게 성장하고 사춘기를 맞으며 배우자를 선택하여 어떻게 다음 세대의 가정을 만드는가?' 등과 같은 것이다.

이것들 중에서 무엇보다 알코올 의존증 환자의 아내, 곧 여성들의 문제에 관심을 갖게 되었다. 알코올 의존증 임상 치료를 하고 있으면 부인들이 먼저 남편이 술을 끊을 수 있도록 해달라고 호소해 오기 때문이었다.

특히 도쿄에 있는 한 정신 위생 센터에서 알코올 의존증의 상담을 하고 있던 40대 초반 무렵부터 환자의 부인들에게 관심을 갖게 되었다. 여하튼 그러한 곳에는 알코올 의존증 환자 본인은 찾아오지 않는다. 찾아오는 사람들은 그들을 걱정하는 부인, 어머니, 누나나 딸과 같은 여성들이었던 것이다. 그 부인들은 20, 30년이라는 긴 세월 동안 사회적으로는 무능력하지만 자존심이 강하고 자기 중심적인 남자들을 섬기며 때로는 구타당하면서 가사와 자녀 교육에 정성을 쏟으며 살아온 가련한 사람들이다. 일반적으로 남자의 역할로 간주되고 있는, 생활비를 벌어 오는 일까지 억척스럽게 해 나가는 사람도 많다.

그녀들은 남편의 과음을 염려하고 그만두게 하기 위해 필사적이다. 남편의 용돈을 관리하고 집안에는 술병이 없도록 신경을 쓰며 발견되면 몰래 버리는 일도 서슴지 않는다. 남편이 단 며칠이나마 술을 마시지 않고 맑은 얼굴을 하고 있으면 하늘에라도 오를 듯이 기뻐하지만, 또 마시기 시작하면 얼굴을 찡그리고 입을 다물고 침묵해 버린다. 비참한 생활로 보이는데도 알코올 의존증 환자라는 아기(남편)를 안고 매일매일을 열심히 바쁘게 살고 있는 부인들에게는 그러한 자신의 모습을 되돌아볼 여유가 없다.

그 증거로 내가 만난 알코올 의존증 환자의 아내들 가운데 이혼을 생각하고 있는 사람은 극소수에 불과했다. 버릇처럼 "헤어지고 싶은 마음은 굴뚝같지만 애들 때문에"라고 말했다.

그러나 이러한 부부 관계로 인해서 가장 피해를 보는 사람은 그들의 자녀들로서, 그들은 어머니의 정서적 가치의 희생자들이다. 알코올 의존증 환자의 아내의 최대 관심사는 남편의 음주 습관이며, 자녀는 건강하거나 대충 건강한 정도면 되는 것이다. 자녀 또한 이러한 분위기를 눈치채고 있으며 이런 가정의 자녀는 보통 착하고 어른스럽다. 바꾸어 말하면 타인에게 쉽게 거절의 태도를 보이지 못하고 자신의 감정을 곧잘 억제하는 자녀가 대부분이다.

알코올 의존증 남편을 둔 여성은 나름대로 생활에 충실하면서도 자기 자신의 구제는 염두에 두지 않았다는 사실을 깨닫기까지는 많은 시간이 걸린다. 남편에게 구타당하는 생활을 견디다가 급기야 칼부림이 나는 사태에 이르러 필사적으로 도망친 부인들을 보호하고 상담하며 그때마다 '아이들이 걱정되어서'라는 이유로 학대하는 남편 곁으로 되돌아가는 부인들의 모습을 수없이 관찰하는 가운데 겨우 그녀들의 '병'이 무엇인가를 알게 되었다.

그녀들은 '자신을 필요로 하는 존재'에 매달려서 살고 있었던 것이다. 남편과 자녀의 일에만 온 신경을 쓰고 있는 여성들에게 이런 말을 하곤 했다.

"'부인이 환자입니다. 자신의 병을 먼저 고칠 의사가 있어야 상담에 응할 수 있겠는데요?'

그런 말을 들으면 반발이나 반론이 튀어나오리라 기대했는데 대부분은 오히려 안도하는 표정이었다. 그중에는 "무슨 병인데요?" 하고 묻는 사람도 있었다. '알코올 의존증 환자의 아내 병'이라고 농담 같은 엉터리 대답을 했지만, 비슷한 시기에 미국의 연구자들이 사용하기 시작한 '공의존(共依存)'이라는 용어를 그 당시는 알지 못했다.

연애라는 마약

알코올이나 약물 의존증과 관련된 가족 문제에 관한 사례 연구자인 로밴 노우드는 『사랑이 지나친 여자들』이라는 책을 썼다. '사랑이 지나친 여자' 란, 평범한 남자보다 문제 있는 남자를 사랑한다든지 정신적 고통을 느낄 만한 상황에 자신을 방치하고 바쁘게 생활하여 진정한 내면의 문제와 대면하는 것을 일부러 피하고 있는 여성들을 가리킨다.

그러한 여성에게 효과적인 마약은 연애이다. 그들은 홀로되면 고독과 허무감, 두려움과 자신의 존재 가치의 상실을 느끼므로 마약처럼 연애를 탐닉하여 정신적인 고통에서 벗어나고자 하는 것이다. 파트너와의 사이가 불안정하고 곤란한 관계에 빠지면 빠질수록 더욱더 연애에 집착하게 되고 강한 자극에 사로잡히게 된다.

그들은 의식을 집중시킬 수 있는 상대 남성을 상실하면 실제 마약의 금단 현상처럼 혼란 상태와 불안, 발작, 구토 등에 사로잡힌다. 이러한 여러 증상에서 벗어나기 위해 그들은 헤어진 파트너 곁으로 되돌아가기를 염원하거나 필사적으로 새로운 파트너를 찾아나선다.

혹은 사랑이 지나친 여자들은 과식증이나 약물 · 알코올 남용에 빠지는 경우가 많다. 그녀들은 마음속 깊은 상처와 불안정한 관계에서 오는 갈등을 잊기 위해 정신의 위로를 가져다 주는 약물을 쉽게 사용하게 된다. 설탕은 에틸알코올과 유사한 분자 구조를 가지고 있고 식물이기보다는 일종의 의존성 식품이다. 알코올 의존증 환자의 딸들 중에 과식증이 많은 것은 그 때문일지도 모르겠다.

『사랑이 지나친 여자들』에는 브렌더라는 과식 구토증과 도벽이 있는 여성이 등장한다. 그 여성의 어머니는 비만한 과식증 환자에다 열렬한 종교 의존자이며 아버지는 그러한 어머니를 싫어하여 집에 붙어 있지 않고 밖에서 밤새도록 마시는 알코올 의존증 환자였다. 아버지는 약간 통통한 편인 브렌더를 사랑했지만 그녀가 사춘기에 들어서면서 비만해지기 시작하자 딸을 가까이 하지 않게 되었다. 브렌더는 다이어트를 시작하며 구토하는 습관이 생겼다. 이렇게해서 체중을 빼는 데 성공한 그녀는 대학 동창생이며 약물을 남용한 적이 있는 남자와 결혼했다. 두 사람은 모두 자신의 일면을 감추고 결혼한 것이다.

이 결혼은 브렌더가 시부모의 집에서 살게 되자마자 파탄이 나버렸다. 그녀가 자유롭게 토할 수 없게 되었고 체중이 다시 불어났기 때문이다. 남편은 뚱뚱한 아내를 피해 밖에서 술 마시는 일이 잦아졌고 애인과 함께 지내는 날이 많아졌다. 브렌더는 시댁을 나와 필사적으로 과식과 구토를 반복하여 겨우 체중을 빼고 모델 일을 하게 되었다. 이런 직업을 가지면 남편의 관심을 되찾을 수 있으리라고 막연하게 생각했던 것이다.

그러나 완벽한 몸매를 유지하려는 강박관념은 또 다른 강박관념을 낳아 청결 결벽증(강박증)과 도벽(이 역시 의존증의 하나)이 생겨났는데, 이러한 증상은 그녀가 절도죄로 체포된 후 변호사의 조언으로 과식증 치료를 받을 때까지 지속되었다. 이 치료 과정에서 브렌더는 서로에게 거짓이 많았던 남편과의 관계를 청산하기로 결심했다.

사랑이 지나친 여자들은 정서적으로 불안정하고 문제가 있는 남자들과는 가까워지는 한편, 친절하고 안정되어 있고 신뢰감 있는 남자들에게는 왠지 흥미가 끌리지 않는다. 무엇보다도 이같이 어른스러운 남자들은 '보살피는 기쁨'을 주지 못한다. 사랑이 지나친 여자들은 자신의 성장 과정에서 부모에게 받은 상처를 혹은 부모에게 얻지 못한 정서적 만족을 성장 이후부터는 파트너와의 관계 속에서 보상받으려고 한다. 아버지처럼 자기 중심적이고 걷잡을 수 없는 파트너를 자신의 애정으로 품 안에 끌어들여 온순한 양처럼 만드는 일이야말로 그런 여성이 그리는 인생 최대의 꿈이요, 삶의 가치인 것이다. 만약 이러한 일이 성공하게 되면 부모와의 관계에서 상처받은 자기 존중을 회복하고 아픈 과거의 기억들로부터 벗어날 수 있다.

이렇게 해서 사랑의 보살핌을 찾아 방황하는 의존적인 남자는 사랑이 지나친 여자에게 최고의 파트너가 되는 것이다. 서로 필요에 의해서 생겨난 의존증 당사자 간의 인간관계가 공의존이다.

상호 의존 관계, 즉 공의존 상태에서는 한쪽이 다른 한쪽을 지배하려 하고 다른 한쪽은 피지배의 매력을 제공함으로써 상대편을 지배하고자 하는, 지배를 둘러싼 투쟁이 끝없이 반복된다. 공의존 상태의 두 사람은 '증오하면서도 헤어지지 못하고 함께 있으면 지굿지굿하면서도 없으면 쓸쓸해진다고 한다.

이러한 관계에서 여성은 사랑을 바치는 역할을, 남성은 사랑을 받아들이는 역할을 한다. 그것은 우리 사회가 그러한 역할을 남녀 각각의 성에 기대해 왔기 때문이다. 그러나 전자는 사랑으로 상대를 옭아매려 하고, 후자는 사랑에 속박되는 모습으로 나타난다. 그 결과 남성은 알코올 또한 약물 의존자나 상습 도박꾼으로서 치료자 앞에 나타나고, 여성은 이러한 남성을 보호하는 아내나 애인의 입장으로 이들보다 먼저 의사에게 상담을 하러 오는 것이다.

그런 여성은 자신의 일은 상담하지 않는다. 남편이 혹은 애인을 어떻게든 도와달라고 하지만, 정작 자신의 정신에 내재되어 있는 병리성에는 둔감하다. 폭력 피해자로서의 여성이 폭력 상습자가 찾아오기 전에 자신의 신상에 대한 상담을 해오는 경우가 더러 있지만, 이것은 극히 예외적인 일이다.

이 여성들은 자신을 우선적으로 돌보는 방법을 배워야만 한다. 또한 자신의 감정이 안심하고 포용되는 공간과 시간을 제공받아야 한다. 그 다음 능력과 돈과 시간을 자신을 위해서만 사용하는 법을 배워야한다. 그리고 마침내 상호간에 대등하게 교류하는 '공평한 사랑'이 존재한다는 사실을 체험을 통해서 깨달아야 한다. 이러한 과정을 거치며 비판적 관점에서 전통적인 여성의 역할을 수정할 필요를 느끼게 될 것이다.

현모양처라는 로봇

여기까지 생각하다 보니 내가 알고 있는 일본의 아내들과 여성들은 대부분 공의존 여성이라는 느낌을 지울 수가 없다. 아내와 어머니로서의 역할을 연극 대본에 맞추어 연기하듯 충실히 하면서도 자신의 감정과 욕구를 상실한 현모양처라는 로봇이 바로 그들이다. 공의존의 병리에 대한 관심은 미국에서 출발했지만 일본의 '보통의 아내' '건전한 어머니'란 따져 보면 공의존이 아닐까?

그렇다면 이 문제의 해결은 단편적인 방법으로는 불가능하다. 이를 전문적으로 치료하는 기관을 만들고 치료자를 양성하는 일부터 시작해야 한다고 생각한 끝에 친구들의 도움을 얻어 이를 위한 기관을 개설했다.

다음은 상담실에 통원하던 한 여성이 10년 전에 작성한 글의 일부분이다.

남편이 술을 마시기 시작한 것은 결혼한 직후였으며, 언제나 '나는 왜 이 모양일까' 하고 생각만 하고 있었을 뿐 다른 사람에게 의논도 하지 못하고 혼자서 고민하고 있었습니다. 남편이 폭력을 휘둘러 밤중에 도망을 쳤다가도 다음 날이 되면 서로 아무 일 없었던 것처럼 행동했습니다. 그런 날에는 이혼을 생각한 적도 몇 번이나 있었으며 하다못해 조용히 살 수만 있다면 하고 몇십 번이나 생각했습니다. 그리고 그때마다 '그래도'라는 미련 때문에 결단을 내리지 못했던 것입니다. 그래서 남편의 술로부터 도망쳐서도 안 되고 도망칠 수도 없다고 생각하게 되었습니다. 다른 사람에게 상담하는 것이 도망치는 것이라고 생각했던 것입니다.

남편의 알코올 의존증 때문에 고심하는 주위의 여성들은 모두 위의 글에서 볼 수 있듯이, '그래도'라는 멍에에 짓눌려 꼼짝도 할 수 없었다. 나는 그녀들에게 남편을 보살피는 역할로부터 벗어나기를 권유하고 남편이 술을 끊도록 하는 효과 없는 노력을 단념하고 오로지 자신의 행복을 위해서만 능력과 돈과 시간을 사용하도록 충고했다. 이를 성실하게 실천한 아내들에게는 일차적으로 인생관의 변화가 찾아오고 그녀들을 둘러싼 인간관계를 극적으로 변화시켜 놓았다. 이러한 변화는 그들을 이혼에 이르게 하는 경우도 있고 남편의 술 마시는 법을 바꾸게 하는 경우도 있었다.

이런 변화를 글로 설명하면 간단한 것처럼 보이지만, 한 사람의 성인 여성의 굳은 신념이나 인생관을 바꾸기란 실로 쉽지 않다. 그래서 나는 한층 효과적인 방법으로 내가 시간을 낼 수 있는 매주 일요일 오후 3시 상담실에서 그들을 위한 모임을 주선하게 되었다. 이러한 모임에 처음 참석하는 여성은 변화되고 있는 부인이나 완전히 변화된 부인들을 직접 만나고 이야기를 나누면서 좀 더 편하게 인생을 즐길 수 있는 또 하나의 방법이 있다는 사실을 실감하게 하는 것이다.

우리의 설득으로 변화되는 것은 아니다. 그룹 내에 앉아 있는 일을 안락하게 느끼며 그런 자리에 참석하는 것을 반복하는 가운데 자신도 모르게 행동에 변화가 일어나는 것이다.

이러한 모임이 계속되는 동안 구성원에 변화가 일어났다. 초기에는 주로 알코올 의존증 남편을 둔 부인들이 모임의 주요 멤버였으나, 그 이후 등교 거부를 하는 청소년 자녀와 자기 자리를 찾지 못해 시행착오를 거듭하는 장성한 자녀, 거식증에 걸린 자녀를 가진 어머니들도 참석하게 되었다.

또 하나의 변화는 모임의 일부 사람들로부터 여성으로서의 자신을 생각하는 별도의 자조(自助)그룹을 갖고 싶다는 의견이 나왔다는 점이다. 이는 지금 '여성들의 자조그룹'으로 실현되었다. 이러한 몇 개 그룹의 모체가 된 AKK(중독 문제를 생각하는 모임)가 1987년에 만들어졌다. 최근 10년에 걸쳐 AKK로부터 '도박자 갱생회' '여성 갱생회' '일중독증자 그룹' '모자간의 관계를 생각하는 모임'(아동 학대에 관심 있는 어머니들의 그룹), SSA(아동기에 성적 학대를 받은 여성들의 그룹) 등과 같은 자조 그룹이 탄생했다.

✿ 남자를 안고 사는 여자들

앞서 언급했듯이 공의존이라는 용어는 미국에서 알코올 의존증의 임상 사례 연구자들에 의해 만들어진 영어 Co-dependence 혹은 Co-dependency를 번역한 말이다. 공의존에 '증(症)' 자를 붙여 공의존증이란 말을 사용하는 경우가 있는데, 이는 알코올 의존증처럼 그 자체를 질병으로 보느냐 아니냐와 관련이 있다. 의존(dependence)은 서구에서는 그 자체를 병적 현상으로 보는 수가 있으나, 일본에서는 그다지 심각히 받아들이지 않는다. 그러나 그 정도가 심해서 심신 장애를 유발하는 경우가 있으므로 그 단계를 '증' 을 붙여 구분한다.

우리 사회가 보통의 어머니나 아내에게 기대하고 있는 행동의 상당 부분은 이미 공의존의 형태를 띠고 있기 때문에 우리가 치료의 대상으로 삼는 경우는 이러한 공의존보다는 훨씬 심각한 상태에 있음을 명백히 할 필요가 있다는 점에서 나는 공의존이라는 용어를 자주 사용한다.

먼저 공의존증 환자의 특징 가운데 강조해 두고 싶은 점은 그녀들이 '알코올 의존증 환자의 아내' 또는 '피학대 여성' 이라는 단어에서 연상되는 것처럼 모두가 초라하고 비참한 모습을 하고 있지는 않다는 것이다. 언어에 의한 연상이 오진을 초래하는 것은 정신의학에서는 흔히 있는 일이다. 훌륭한 신사들이나 젊고 건강해 보이는 여성들 중에도 알코올 의존증 환자가 있는 것처럼, 눈앞에 있는 여성이 말끔한 용모의 커리어 우먼처럼 보인다고 해서 공의존증 환자가 아니라고 단언할 수 없다는 뜻이다.

오히려 그녀들 중 대부분은 빈틈없는 몸가짐을 취함으로써 흠잡을 데가 없어 보인다. 학력도 보통 사람들보다 높아 교사, 간호사, 약사, 미용사 등과 같은 전문직에 종사했었거나 현재도 그러한 직업을 가지고 있는 사람이 많다. 그리고 자신을 일반 사회인보다 한발 앞서 가는 자립 여성으로 생각하고 있다. 한 남자를 '안고' 있거나 '업고' 있기 때문에 여느 여자보다는 경제적 능력이 있는 경우가 많다. 다만 자기 감정을 통제하는 데에 익숙해져 있기 때문에 표정이 없고 가면을 쓴 것 같은 얼굴을 하고 있다.

그녀들은 자신의 욕구와 감정을 인식하지 못할 뿐더러 표현하려고도 하지 않으므로 자신에 관해서는 이야기하지 않는다. 이야기하는 내용은 남편이나 자녀들에 관한 것뿐이다. 이러한 여성들은 일종의 과대망상에 사로잡혀 있는 셈이다. 과대망상이란, '남편이라는 한 남자와 그와의 사이에서 태어난 자녀에게 내가 없다면 그들의 인생은 엉망이 된다'는 그녀들이 갖기 쉬운 생각을 말한다. 이러한 망상이 그녀들에게 자부심을 주는 것은 사실이지만, 그런 자부심을 갖고 있는 한 그녀들의 남편과 자녀들은 언제까지나 아내와 어머니에게 의존하며 살아가게 된다.

자신에게 의존하는 사람을 조정하고 통제해야만 얻어지는 정신
적 안정 그 자체가 병적인 것이다.

섹스를 하지 않는 부부

글을 쓰고 있는 도중 다치바나 유코 씨로부터 전화가 걸려 왔다. 그녀는 '성관계가 없는 부부'의 문제를 다루고 싶지만 초점이 잡히지 않아 이야기를 하고 싶어 전화를 했다는 것이다. 우리는 다음과 같은 내용의 대화를 나누었다.

다치바나: 왜 이렇게 되는 걸까요?

나: 결혼은 제도니까요. 사랑이 끝나더라도 결혼이 지속되는 것은 당연하지요.

다치바나: 『사랑은 왜 끝나는가』라는 책 읽어 보셨어요?

나: 예, 읽어 보았습니다. 권태라는 것은 신체적으로 엔돌핀의 과잉 상태라고 할 수 있지요. 사랑이 끝났다는 것은 새로운 모험과 아드레날린의 분출이 필요한 시기가 되었다는 뜻이에요. 결혼이라는 제도 때문에 부부 관계를 유지하긴 하지만 더 이상 서로에게서 자극은 못 얻는 겁니다.

다치바나: 아드레날린요? 돌아가신 모리 요코 씨 소설 내용 같네요.

나: 그 사람 책은 안 읽었어요.

다치바나: 남자들은 그런 책은 읽지 않는 것 같아요. 우리 여
　　　　자들은 크게 공감을 하는데 말이에요.

나: 어떤 내용인가요?

다치바나: 남편에게 권태를 느끼고 바람을 피우거나 섹스 없
　　　　이 지내는 부부들 이야긴데, 그런 경우가 많잖아
　　　　요?

나: 부부간의 섹스란 게 없어도 되는 것 아닙니까? 섹스 중심
　　의 부부 관계는 서구적 사고에서 나온 일종의 강박관념 아
　　닐까요? 아드레날린이 필요하다면 굳이 새로 결혼 할 것
　　없이 담배를 피워도 좋고 유코 씨처럼 무얼 써도 좋고 물
　　론 누군가와 섹스를 해도 좋잖아요.

다치바나: 담배와 섹스…… 그렇다면 무엇 때문에 결혼하
　　　　는 거죠?

나: 섹스와 부부 관계의 유지는 별개 문제지요. 가정이란 원래
　　자녀를 낳고 양육하기 위해 존재하는 것이지, 부부간의 섹
　　스를 위해 있는 것이 아니에요. 자녀들이 성장하고 난 뒤
　　부부간에 그만 헤어질 것인가 재계약을 할 것인가를 결정
　　해야 하지요.

다치바나:잠깐만요. 너무 혼란스럽군요. 선생님하고 이야기
　　　　하다 보면 언제나 더 혼란스런 상태로 끝나네요.

결국 다치바나 유코씨에게 아무런 도움을 주지 못한 채 통화가

끝나고 말았지만 섹스가 결혼 제도의 중심이 되는 것은 아니다. 그것은 단순하게 보면 아드레날린의 방출을 동반한 기분 전환의 갖가지 방법 중 하나에 불과하다. 따라서 담배를 피우는 것과 같이 상습화, 즉 기벽(嗜癖 : 정신의학에서 알코올, 마약, 수면제 등을 사용하여 끊을 수 없게 된 상태)화 되기 쉽다는 것이 내 생각이다. 다만 이것은 만남과 이별이라는 인간관계의 기벽 — 공의존은 그중 하나 — 이라는 측면이 있기 때문에 그만큼 다른 기벽보다 복잡하고 까다롭다.

섹스 기벽은 성인 남녀의 세련된 인간관계의 패턴처럼 인식되는 경우가 있지만, 사실은 '포옹받고자 하는 욕구'의 유아적인 변형인 경우가 많다. 아주 오래된 책이지만 오트 페니켈이 쓴 『신경증의 정신 분석 이론(1945)』의 제9장에 '도착과 충동 신경증'이라는 부분이 있다. 여기서 페니켈은 도벽, 노름, 약물 기벽, 약물을 수반하지 않는 기벽, 예를 들면 식사 기벽, 독서 기벽(식사하면서 독서하는 습성), 그리고 애정 기벽에 대해서 쓰고 있다. 페니켈은 애정 기벽을 다음과 같이 설명하고 있다.

'애정 기벽은 가장 전형적인 기벽의 형태이다. 이것은 음식물 기벽에서의 음식과 같은 역할로, 외적 대상에게서 애정과 긍정을 성취할 수 있을 것으로 기대하는 인물이 행하는 경우가 대부분이다. 기벽자는 사랑을 할 만한 상대가 아님에도 사랑받고 있다고 느낄 수 있는 대상을 절대적으로 필요로 한다. 다만 입술 욕구의 충족을 위한 도구로서만 필요한 것이다. 이러한 애정 기벽자의 대다수는 이미 설명한 바와 같이 성욕 과잉자이며, 나중에는 조울성 장해의 후보자가 되기도 한다.

그리고 페니켈은 이런 예를 들었다.

　어떤 여성 환자는 자신의 유아기 시절의 체험으로 인해 버려지는 것에 대한 강한 불안에 떨게 되었다. 무서움을 잘 타는 어린이는 보호해 주는 어머니가 곁에 있지 않으면 잠들지 못하듯이, 이 환자는 성인임에도 불구하고 타인으로부터 확실한 보호를 받아야 할 필요를 느끼고 있었다. 정신 분석 단계에서 이 환자가 취한 저항 방법은 정신 분석 의사가 곁에 있어 주는 것 이외에는 관심을 나타내지 않는 것이었다.

　따라서 그녀는 어떤 남성의 요구든 거절할 수가 없었다. 고독에 사로잡힐 때면 언제라도 밖으로 뛰쳐나가 바로 남자를 만들어야 했다. 언뜻 보기에 그녀는 성인으로서 적극적인 성생활을 영위하는 것처럼 보이지만, 실제로 그녀의 성생활은 무서움에 떠는 어린이가 어머니의 손에서 평온을 느끼고자 하는 것이나 다름없다. 이런 행동은 오히려 이 여성의 성충동의 완전한 해소를 억압하는 수단이 되어 있었다.

그녀가 성숙하고 적극적인 이성애의 소유자로 보였던 것은 사실 그녀에게 이성애는 포옹받고 싶은 유아적인 욕구의 대체물에 불과하다. 나는 이러한 욕구의 대체물이 기벽의 특징 가운데 하나라고 생각한다. 대체된 욕구는 그것이 달성되더라도 진정한 충족감을 느끼지 못한다. 오히려 더욱더 갈망하므로 대체 행동은 한층 심하게 나타난다.

섹스 기벽이 '포옹받는 안도감'이라는 욕구의 대체물이라면, 섹스 그 자체는 욕구를 진정으로 충족시켜 주지 못하고 도리어 다음 번 섹스에 대한 갈증을 더 강렬하게 만든다. 그 결과 여성 음란증(님포마니아)과 같은 반복 행동이 나오거나 이러한 행동의 남발을 두려워하여 일체의 성적인 관계뿐만 아니라 성적인 연상조차 회피한다. 이것은 과식증 환자가 과식을 두려워하여 거식하고 있거나 알코올 의존증 환자가 평상시에는 술을 금하는 것과 같은 태도라고 볼 수 있다.

노우드는 『사랑이 지나친 여자들』에서 섹스 기벽자와 공의존증 환자에 대해 기술하고 있다. 이 두 가지가 물론 동일한 것은 아니다. 섹스 기벽은 공의존으로부터 생겨나지만 공의존적인 생활방식 모두가 섹스 기벽으로 직결되지는 않는다. 공의존은 여자들이 흔히 취하는 힘의 표현이고, 여성의 섹스 기벽은 그러한 힘의 지배에 계속 실패한 여성이 좌절감을 뿌리치기 위해 반복하는 충동적인 행동이자 어린이로 되돌아가려는 방어 행동이다.

다만 공의존증 환자는 섹스를 상대에 대한 지배의 도구로 사용하려 한다는 점에서 섹스 기벽자와 유사하다. 앞에서 설명한 바와 같이 공의존자는 타인에 대한 보호를 무기로 하여 세상이라는 다리를 건너고 있기 때문에 사랑하는 사람과 함께 있으면서 아무것도 해주지 않는다는 것은 불가능하다. 상대가 입을 다물고 있으면 자신을 싫어하고 있는 것으로 지레짐작하여 아무런 시도를 하지 못하는 자신에 대해 혐오와 분노를 느끼고 만다. 그리고 이러한 숨막히는 단절감을 고통스러워하며 그러한 상태로부터 도피하고자한다.

　이것을 '친밀성으로부터의 도피'라고 하며 섹스가 숨막힘을 풀어 주는 묘약으로 사용되는 경우가 많다. 그러나 시도마저 파트너의 기분만 고려하게 되며 이러한 강박이 결국에는 위협으로 바뀌어 간다. 다시 말하면 불감증이라는 것인데, 이러한 고통은 파트너가 초래한 것이라고 믿게 되어 그를 미워하게 된다. 파트너에 대한 이런 식의 증오로부터 불륜이 시작되는 경우 또한 드물지 않다.

3 때리는 남자들이
원하는 것

❀ 평범한 남자

"**평범한** 남자가 자상하네요"라고 B가 진지하게 말했다.

이 50대의 여성은 수개월 전부터 예전에 급우였던 남자와 동거하기 시작했으며 일을 갖고 있었다. 어느 날 일이 평소보다 늦게 끝난 탓에 저녁 준비가 채 되기 전에 남자가 돌아왔다. 남자가 식탁을 훑어보고는 말없이 다시 나가 버리기에 화가 난 모양이라고 생각했다.

'아마도 그는 밖에서 식사하고 술을 마시고 밤늦게 돌아와서는 내게 싫은 소리를 할 거야.'

그런데 10분도 안 되어 남자는 비닐 봉지를 들고 돌아와서는 말했다.

"식탁을 보니까 이게 없는 것 같아서 말이야."

남자는 이렇게 말하면서 비닐 봉지에서 간장병과 캔맥주를 꺼냈다. 이것을 본 B가 감격에 겨워 평범한 남자가 자상하다는 말을 했던 것이다.

이 여인은 사실 30년 동안 알코올 의존증 환자인 남편과 살고 있었던 경험이 있다. 폭언과 폭력이 끊이지 않는 주정꾼 남편과의 긴장 속에서 시부모를 모시고 두 자녀를 키워 낸 후 집을 나왔다. 나왔다기보다는 쫓겨났다고 하는 편이 적합하겠지만, 아무튼 일류 기업의 부사장집 파출부로 전락하여 난생 처음 혼자 살게 되었다.

B는 처음에 주정꾼 남편이 알코올 의존증 치료를 받게 하겠다는 생각으로 '별거하자' '이혼하자' 라고 말했던 것인데, 실제로 이혼 조정기를 거쳐 재판으로 넘어가다 보니 가정재판소도 믿었던 변호사도 남편의 알코올 의존증에 대해서는 전혀 이해하지 못했다. 남편은 사회에서 훌륭한 사람으로 통하고 있었기 때문에 가정 재판소에서는 남편의 주장만 전적으로 인정했다.

그 당시 계속 인내할 것인가 말 것인가의 선택은 더 이상 그녀의 몫이 아니었다. 남편은 세상 물정을 모르고 경제적 능력이 없는 B를 폭력으로 집에서 쫓아냈으며 그토록 사랑을 쏟았던 자녀들마저 그녀를 외면했다.

이로부터 3년 간 파출부 생활에 잘 적응하게 되었다. 지금은 단골이 생겨 프로로 대접받고 있다. 무엇보다 자신이 번 돈을 자신을 위해 사용할 수 있다는 사실에 기쁨을 느꼈다. 별거 후 다시 제소한 이혼 재판에서 변호사를 신중히 선임하고 자신의 주장을 확실하게 편 끝에 거짓말만 늘어놓는 남편에게 승소했다. 받을 수 있는 돈은 얼마 되지 않았지만 남편에게 사과 받고 싶다는 자신의 주장을 인정받았다는 사실이 그녀를 기쁘게 했다.

이러한 과정에서 구타로 찌들어 있던 이 중년 여성은 점차 아름다움을 되찾게 되었다. 그녀의 그런 변화에 놀라고 있던 차에 그녀는 예전의 동급생을 만나 그때까지 독신이던 그 남자와 데이트하게 되었고 이윽고 동거를 시작하게 된 것이다.

B가 말하는 평범한 남자란 그를 가리킨다. 평범한 남자는 생활을 같이하는 여성에게 상처를 주지 않는다. 신체적으로든 정신적으로든 불필요한 공격을 하지 않는다. 그러한 점에 B는 진심으로 감동하고 있었다.

"도대체 왜 그런 무서운 남자와 30년 동안이나 살았어요?"

내가 B에게 물었더니 이렇게 대답했다.

"아이들을 위해서 참고 있다고 생각했었는데 아마 그 약한 남자를 그냥 버려 둘 수 없다고 생각했나 봐요. 정식 재판을 하고 나니 겨우 그 남자의 본질이 보인 셈이죠."

자존심 강한 남자

피학대 여성들이 당하고 있는 폭력 피해의 수준은 상상을 넘는다. 기벽자 가족에 대한 일을 하다 보면 많은 폭력 문제와 접하게 되는데 그중에서도 심한 것은 남편이 아내에게 휘두르는 폭력이다.

최근 몇 동안 나는 산산이 부서져 나뭇조각이 된 피아노, 프레스 기계에 짓눌려 죽은 개, 복수와 욕정이 뒤섞인 폭력적 섹스 등과 같은 폭력 문제를 접했다. 세상의 남자들 가운데에는 한번 분노가 폭발하면 걷잡을 수 없는 사람이 있어서 간헐적 폭발성 인격의 소유자라는 진단이 떨어지기도 한다.

이러한 남자와 함께 사는 여자는 고양이 앞의 쥐처럼 겁쟁이가 되어 버리고, 도망갈 수 있는 기회가 주어지더라도 도망가지 못하게 된다. 폭력적인 남자라고 언제나 난폭하게 날뛰고만 있는 것은 아니다. 그러나 그들이 자신을 억제하고 조용히 지내고 있는 시간은 폭력 욕구가 비축되고 있는 기간이다. 이런 성격의 남자들은 자의식과 자존심이 강하여 그만큼 상처받기 쉬우며, 그들 내부에서는 아픔을 느끼게 한 장본인에 대한 분노가 축적되어 팽창하고 결국 어느 시점에서 한꺼번에 분출하고 마는 것이다.

아이러니한 사실이지만 그들에게 가장 상처를 주는 것은 다름 아니라 그들이 가장 사랑하는 사람, 그들이 치유되기를 기대하는 사람이다. 남자가 여자에게 치유해 주는 어머니를 기대할 때 여자를 원망하게 된다. 자식은 자신의 기분을 이해하지 못하는 어머니에게 화를 내게 마련이므로 남편은 어머니처럼 자신을 위로해 주지 않는 아내에게 복수하는 것이다.

사회적 · 경제적 능력 면에서 아내가 자신보다 우위를 차지하고 있는 것 자체에 상처받는 남자들도 있다. 아내는 남편의 긴장 수위가 높아지는 것을 감지하고 달래고 기분을 맞추려 애쓴다. 이러한 노력은 일시적으로 성공한 것처럼 보이고 아내는 남편을 조정하는 능력에 자신을 갖지만, 그 노력은 이윽고 파탄에 이르게 되고 남편의 폭력 분출까지 초래한다. 그리고 폭력은 학대자의 신체적 · 심리적 긴장이 해소될 때까지 계속되므로 그 결과는 참혹하다.

1989년 9월, 지방의 한 정신 병원에 근무하고 있던 정신과 의사가 만취 상태에서 자기 아내를 구타하여 사망에 이르게 한 사건이 있었다. 이 부부의 경우, 부인은 때때로 가혹한 학대를 당하고 있었으면서도 종교에 의지할 뿐 외부에 구조 신호를 보내지 않았다.

이 사건은 부부간의 기벽화된 학대, 피학대 관계에서 발생되었다고 생각되어지는데, 아직까지 사건의 발생 경위는 명확하게 밝혀지지 않은 채 우발적인 비극으로 정리되고 있다. 이런 부류의 사건은 끊임없이 발생하고 있으며 대부분의 경우 아내들은 울면서 잠든 채로 또다시 폭력의 피해자가 되곤 한다.

기벽화된 폭력은 위험하다. 그리고 지금으로서는 막을 길이 없다. 이러한 관계가 고착되고 만 아내들에게 나는 '위험합니다. 그러한 관계로부터 벗어나십시오'라고 확실히 이야기하고는 있는데, 대개 이런 조언이 결실을 거두게 되는 것은 여러 해가 지난 후이다. 아내들은 자신의 몸과 마음을 파괴하는 폭력(성적인 능욕을 동반하는 경우도 있다)을 몇 번이나 당한 뒤에야 겨우 조언의 참뜻을 이해하는 것이다.

✽ 사랑의 고백

폭력이 앞의 사례처럼 아내의 죽음에까지 이르지 않는 경우, 남편의 마음과 행동에는 극적인 변화가 일어난다. 축적된 분노의 에너지를 쏟아 내버린 남편은 자신의 행동을 후회하고 아내에게 용서를 빈다. 폭력으로 상처입은 아내의 신체를 어루만져 주고 선물을 사다가 바친다. 분명 이 시기의 남편이 보이는 후회와 사랑의 표현이 반드시 위장은 아닐 것이다. 이런 부류의 남성은 폭력 행위의 과정을 거쳐야 비로소 사랑의 고백이 가능하다.

여성이 이 사랑의 고백을 받아들이면 위험한 관계는 지속되는데, 그런 여성은 이 폭력적인 남자가 자신 없이는 살아갈 수 없다는 사실을 확인하며 이 확인이 자신의 심신의 안전보다 귀중하다고 생각하는 것 같다.

그러나 남자가 사죄하고 사랑을 고백하고 여자가 이를 받아들이는 것으로 다시 시작되는 관계는, 시작부터가 남자의 인내를 전제로 하고 있기에 남자의 분노는 계속해서 축적되어 가는 것이다. 이렇게 해서 폭력 폭발극의 막은 또다시 열리게 되어 있다.

욕구의 절정과 분출에 따른 욕구 충족, 그후의 후회라는 3단계의 과정은 모든 기벽 행동에 공통적으로 나타난다. 음주를 금해야 하는 알코올 의존증 환자는 초기의 자기 억제, 이에 이어지는 자기 파괴적인 연속 음주, 그리고 그뒤의 후회와 음주 욕구의 쇠퇴라고 하는 형태를 띠므로 임상치료가는 이 3단계의 패턴을 자주 접한다. 다시 말하면 이러한 부류의 폭력 분출은 기벽인 것이다.

세상에는 이런 무서운 부부 관계가 있다는 사실을 사람들은 잘 인식하지 못한다. 가정 재판소의 판사도, 조사관도, 변호사도 모른다. 특히 가정 재판소의 여성 조정원들, 원만한 결혼생활을 영위하고 있는 여성들은 이런 부류의 소송을 제기하는 동안 지쳐 버린 아내들에게 실로 잔혹한 말을 한다. 행복한 결혼생활을 할 수 있는 비결을 설교하고, 여성으로서의 인내와 관용 그리고 복종의 필요성에 대해 충고한다. 그녀들은 자신의 결혼이 '보통의 남자'와 맺어졌기 때문에 얻게 된 '우연한 행운'이란 사실을 깨닫지 못하고 있다.

이러한 여성 조정원이 많기 때문에 나는 피학대 여성들이 가정 재판소를 찾아가기 전에 이런 말을 미리 일러둔다.

"혹독히 당할 것을 염두에 두는 편이 좋을 거예요. 알아주지 않는다고 체념해서는 안 됩니다. 설교는 흘려 버리고 주장을 되풀이하여 거듭 강조세요."

이럴 때 가장 중요한 것은 자신의 주장을 확실히 하는 것, '나는 다른 사람을 위해서가 아니라 자신을 위해 사는 생활을 시작하고 싶다'고 분명하게 말하는 것이다. 이를 위해서는 알코올 의존증이나 충동적이고 습관적인 폭력(폭력 기벽)과 남자의 성에 대해서 명확하게 이해해야 하므로 나는 그녀들의 그룹을 상대로 이러한 충고를 한다.

"나는 이혼을 장려하려고 부추기는 것은 아닙니다. 하지만 여러분이 인생의 선택의 폭을 넓힐 필요가 있다고 생각합니다."

이러한 일은 혼자서는 해내기 어렵기 때문에 최근에는 직접 이러한 경험을 하고 재기한 여성들이 안내 역할을 대신하고 있다. 앞에서 소개한 AKK라는 자조 그룹이 그것이다. 이 모임의 회원들이 전화 상담이나 월례 모임 등을 통해서 피해자의 상담에 응하고 있다. 이 자조 그룹이 지금은 '중독 문제를 생각하는 모임'을 가리키고 있지만, 1992년까지는 '알코올 문제를 생각하는 모임'이었다. 그녀들 남편의 대다수가 알코올 의존증 환자였기 때문이다.

그러나 문제는 알코올 음료라는 물질에 있는 것이 아니다. 확실히 알코올은 폭력의 정도를 심하게 만들지만, 기벽적 폭력은 약물 의존증이나 도박 의존증 등 다른 기벽과 결부되지 않고 독자적으로 생기는 경우가 있다. 알코올 따위는 일절 입에 대지 않는 근엄한 인물이 엄청난 심리적 학대를 반복적으로 가하는 수가 있다.

나에게 상담하러 오는 거의 모든 아내는 남편이 음주자인 경우 모든 악의 근원은 알코올에 있다며 남편을 보호하려 한다. 이른바 '알코올을 마시지 않으면 좋은 사람'이라는 논리다. 그러나 결국 그것은 허무한 기대였다는 것이 머잖아 밝혀지게 마련이다.

C의 경우 전 남편이 금주하고부터 몇 년이 지난 뒤 일어난 무서운 폭력과 그때 느낀 절망감이 직접적인 계기가 되어 이혼을 감행했다. C의 전 남편은 술을 끊으면 무기력해지고 울병이라는 우울증에 빠지는 사람이었지만, 최후의 금주 때에는 울병에 빠지지 않고 AA(알코올 의존증 환자 갱생회)에 열심히 참석하고 직장 근무도 순조로웠다.

C는 아내로서 25년, 이라는 기나긴 세월을 이 남자를 위해 헌신한 결과 알코올 의존증의 치료는 해피엔드로 끝나는 것처럼 보였다. 그러나 남편의 가슴속에는 자신의 생활을 구속하고 있는 '어머니가 아닌 아내'에 대한 분노가 충만해 있었다. 예전에는 분노가 우울증의 형태로 표현되었으나, 사건이 발생할 당시에는 출구를 찾지 못하고 쌓이고 쌓인 분노는 원한으로 변질되어 폭발하고 말았다.

어느 날 밤 사사로운 일로 말다툼을 하고 난 뒤 불쾌한 얼굴로 일단 2층의 자기 방에 들어간 전 남편은 얼마 안 되어 벌겋게 상기된 얼굴로 C를 공격했다. 이 사람은 유도 유단자였다. 전 남편은 등

뒤에서 C의 목을 감았고 그녀는 죽음을 각오했다.

그때 살아난 것은 성인이 된 장남이 부모들 사이에 끼어든 덕분이었다. 남편은 제 정면에서 장남의 목을 졸르기 시작했고, 장남은 전혀 저항하지 않고 힘을 빼고 있었다. C는 장남 역시 죽을 각오를 하고 있다고 생각하면서도 긴장으로 움츠려진 몸을 움직일 수가 없었다. 얼마 후 장남의 얼굴이 빨갛게 되자 남편은 갑자기 힘을 빼고 비틀거리며 2층의 자기 방으로 돌아갔다. 다시 말하지만 이 폭력은 남편이 금주를 시작한 몇 년 뒤에 일어난 일이다.

이 일이 일어난 며칠 후 C는 나와 만나서 더 이상 같이 살 필요가 없다고 말했다. 그때부터 C는 길고 고통스러운 가정 재판에서의 투쟁을 시작했다. 1987년 C와 나를 포함한 몇 사람에 의해 AKK의 활동이 개시될 무렵이었다. 그리고 이혼이 성립된 것은 1991년 여름이었다. 그 동안 경제적으로 어려움을 겪으면서도 그녀는 화해를 권고하는 가정 재판소의 소리에 귀를 기울이지 않았고 최후에는 자신의 변호사까지도 "멋대로 하시오"라는 말과 함께 쫓아냈다.

나는 C의 요구가 지나치다고는 도저히 생각할 수 없다. 그녀는 다만 남은 인생을 무서움에 떨면서 살고 싶지 않다고 생각하고 전 남편이 책임을 확실하게 지고 사과하기를 바랐을 뿐이다. 그러나 그런 최소한의 요구를 쟁취하기 위해서는 고립된 상황에서 혼자 밀고 나가야만 했다.

그 동안 C는 AKK의 유일한 직원으로서 잡무를 처리하고 다른 피학대 여성이나 알코올 의존증 환자의 아내들을 상담하면서 나날을 보냈다. 그러던 중 C곁에는 같은 상황에 처한 많은 여성들이 모여들게 되었다. 요즘 그녀들은 예전에는 스스로 포기했던, 피폭력 여성들의 보호소를 자력으로 설치할 수 있을 만한 힘을 기르게 되었다.

❀ 질투의 대상

1970년대 중반 미국의 페미니스트들은 남자로부터 학대받는 여성을 위한 보호소를 곳곳에 열었다. 콜로라도를 중심으로 활약하고 있던 심리 치료사 레노아 워커도 그들 중 한 사람이다. 그녀는 '피학대 여성 증후군'이라는 용어를 사용하여 피학대 여성의 이성과의 관계를 설명했다.

우선 피학대 여성이 반드시 무능하고 의존성이 강한 여성은 아니라는 점을 다시 한번 밝혀 두겠다.

피학대 여성의 대다수는 학대하는 남편이나 파트너보다 학력도 사회적 능력도 높아 남성 쪽이 아내에게 콤플렉스를 느끼는 경우가 많다. 알코올 의존증 남편과 그 아내를 조사한 적이 있는데 그때 이 사실을 새삼 확인했다. 알코올 의존증인 남자는 아내를 질투하며 폭력을 휘두르는 일이 잦은데, 그들의 이야기를 주의 깊게 들어 보면 아내 자신이 남자의 질투심을 불러일으키는 경우가 흔하다. 남편들은 그것을 드러내 놓고 말할 수 없어 아내에게 남자가 생겼다고 말하지만, 사실 남자의 질투는 아내의 사회적 능력이나 남성 성향을 대상으로 하고 있다.

이 경우 역시 피학대 여성에게 문제가 다분히 있다. 가해자인 남편과 폭력적 인간관계로부터 어지간해서는 벗어나려고 하지 않는 것이다. 폭력을 당하면서도 이혼을 생각하지 않는 사람이 많다. 남자가 폭력을 휘두른 뒤에 나타내는 다정함이나 사랑의 맹세를 과대하게 평가해 버리기 때문이다. 또는 폭력을 당하면서 지내는 가운데 겁쟁이가 되어 버려 가해자인 남편 곁을 떠나지 못하게 된 여성들 또한 있다.

그녀들은 모두가 가면을 쓴 것 같은 표정을 짓고 있으며 너무 특징적이기에 그 얼굴만 보아도 부부 간에 무슨 일이 있었는가 알 수 있을 정도이다. '부부간 강간'이라고 불리게 된 강제적인 성관계에 희생이 되고 있는 경우가 있다.

워커는 이전에는 밝고 활발했으며 사회적 능력도 있던 여성들이 이처럼 뼈아픈 지경에까지 이르게 된 데에는 '학습된 절망감'이라는 매체가 작용한다고 주장했다. '학습된 절망감'이란 캘리포니아 버클리대학교의 심리학자 세리그먼 교수가 주장한 개념으로서, '도망갈 수 없는 상황 속에서 이유 없는 공격을 당하는 동물이 도망갈 수 있게 되더라도 겁쟁이처럼 그 자리에서 도망가지 못하게 되어 버리는 현상'을 가리킨다.

인간은 이유 없는 억압이나 폭력을 지속적으로 당하게 되면 장래에 대해 비관적으로 되어 아무런 행동을 취하지 않게 된다. 워커는 피학대 여성에게도 이러한 현상이 나타나리라고 생각하여 이러한 상황에 처해 있는 여성들의 심리를 '피학대 여성 증후군'이라고 부른 것이다. 매 맞는 여성을 의미하는 영어 battered woman에서

battered는 batter라는 동사에서 파생된 말로, 격렬하게 연타 당하는 것을 뜻한다. 같은 말을 명사로 사용하면 타자, 즉 야구에서 말하는 배터가 된다. battered는 두들겨 맞아서 갈기갈기 찢겨진 상태를 가리키며 배터드 차일드(battered child)는 피학대 아동을 가리킨다.

부부 사이 폭력으로 아내가 피해자가 되는 것을 표현하는 용어로서는 미국의 페미니스트들이 즐겨 사용하는 '가정 폭력'(Domestic Violence)이라는 말이 있는 데, DV라는 약자로도 쓰인다. 일본에서 가정 폭력이라면 사춘기 자녀가 부모에게 폭력을 휘두르는 경우를 가리키는 것으로만 생각하는 사람이 많지만, 이는 피해자(부모)가 큰소리로 떠들고 다니기 때문에 두드러진 것뿐이다.

가정 폭력의 피해자는 주로 자녀와 여성이며 대부분 가해자는 성인(부모)이며 남자이다. 가정 폭력이 남녀 간의 폭력만을 가리킨다는 것은 이상한 이야기이지만, 가정 폭력이 자녀와 부모에 대한 폭력만을 의미하는 것으로 인식되는 것은 더욱 기묘하다.

레노아 워커를 비롯한 페미니스트들의 운동은 1950년대 여성의 삶을 개선시키기 위한 운동으로 시작했다. 여성의 생활 속에 뿌리내리는 운동으로 발전하는 과정에서 그들 중 일부는 같은 여성의 위기에 직접 개입하는 길을 선택했다. 1970년대에 들어서면서 폭력 피해 여성을 위한 보호소와 함께 강간 구급 센터가 여러 도시에 문을 열었고 동시에 어린 소녀들에 대한 성적 학대가 정면으로 거론되었다. 모두가 용기백배하여 팔을 걷고 땀을 흘리며 피해 여성이 경찰이나 병원으로 가는 데 동행하고, 진단이 정확하게 내려지는가 감시하고, 유죄 판결이 나오도록 돕는다거나 진단과 조서 작성 과정에서 나타날지 모르는 2차적 성학대나 성차별로부터 피해자를 보호하게 되었다. 이렇게까지 하지 않으면 남성의 논리가 지배하는 사회 속에서 동성인 여성을 보호하는 것이 불가능하기 때문이었다.

남편의 폭력으로부터 도망치는 여자들, 때로는 자녀들을 데리고 오는 여자들을 보호소에 숨겨 주는 일이 얼마나 힘드는지는 상상으로도 알 것이다.

우선 돈이 필요하다는 사실이다. 이런 사업에 소요되는 비용은 사회적 차원에서 필요한 비용이며 공적인 원조가 이루어져야 한다는 사실을 알리기 위해 많은 서류와 보고서를 작성하고 진정과 강연회를 수없이 반복해야 한다. 또한 아내나 파트너를 찾으러 온 남자들의 필사적인 추적을 따돌려야 하고 재판 준비를 해야 했다. 무엇보다 '나 없이는 한시라도 살 수 없는 남자'에 대한 염려 때문에 때리는 남자에게로 다시 돌아가려는 공의존적인 여성의 태도에 쐐기를 박고, 현실에 눈뜨게 하는 마음으로부터의 도움을 빼놓을 수 없다.

이러한 어렵고도 힘든 일을 착실하게 감당해 온 사람들의 모임이 있어서 이제야 비로소 남자로부터 매 맞고 살아온 여자들의 문제가 빛을 볼 수 있게 되었다.

마음의 상처를 치유하는 길

페미니즘 운동이 발전할 수 있는 기반을 닦는 데에 이런 활동들은 최대의 공헌을 했으며 대학의 여성학 강좌나 출판물이 전적으로 공헌한 것이 아니었다. 그런 관점에서 페미니스트와 페미니즘 운동은 지금부터 싹트고 있다고 보아야 할 것이다. 내가 '무명의 페미니스트'라고 부르는 이 페미니즘 운동 선구자들은 손이 더럽혀지고 구두 밑창이 닳는 것을 상관하지 않는 헌신적인 여성들이었다.

내 주위에도 그런 여성들이 있다. 바로 여기 소개할 C가 그런 사람이다. C와 그 모임의 멤버들은 1993년 4월에 없는 힘이나마 서로 합해 보호소를 만들었다. 시설은 과거 자신들에게 절실히 필요했던 것이었으나 그때는 없었다. 어떤 사람은 여성 상담 센터와 모자 숙소가 있지 않으냐고 반박할 수 있겠지만, 그런 곳은 관청이나 그에 준한 시설이어서 '9시부터 5시까지'만 문을 연다. 또 2주간 보호해 준다고 한들 그 2주 내에 어떻게 자립의 길을 찾을 수 있겠는가. 오랜 동안의 폭력 피해로 인한 마음의 상처를 치유하는 길을 누가 안내해 준다는 말인가.

이러한 사례가 있었다. 어떤 여성이 세 살, 두 살 된 어린 자녀를 데리고 모자 숙소로 도망쳐 왔다. 자립의 1차 조건인 직업을 구하거나 살 집을 마련하기 위해서는 외출해야만 되는데 모자 숙소에서는 아이들만 맡지 않는다. 그래서 같은 숙소에 머물고 있던 여성들이 보기가 딱해 아이들을 보아 주겠다고 나섰지만, 그것도 안 된다고 했다. 사고라도 나면 곤란하다는 이유에서였다.

결국 그녀는 유아 둘을 데리고 낯선 거리를 배회하게 되었다. 그녀가 지금의 집과 직장을 구한 것은 관청의 지원이 아니라 같은 여성의 위기를 자신들의 고통으로 여긴 많은 자원 봉사자들의 도움에 의한 것이다.

C와 같은 사람들이 만든 AKK 보호소에 대해서는 우리 남자들도 협조하지 않을 수 없었다. C를 비롯한 사람들이 이전부터 그러한 장소를 만들고 싶어한다는 이야기를 듣고 있었으나 나에게는 돈도 힘도 없었다. 가지고 있는 것이라고는 오랫동안의 임상 경험으로 맺어진 인간관계뿐이었다. 조금이라도 도움을 주어야겠다는 생각에 내 주변의 한 남자에게 의논을 했다. 이 사람은 7년 전부터 금주하고 있는 알코올 의존증 환자였다. 이전에 내 환자였던 사람으로 지금은 일중독자 그룹에 참가하고 있다. 그가 입원 치료를 받고 있을 때 그의 아내는 두 딸을 데리고 집을 나갔고 곧 이혼이 되었다.

그는 시내에서 혼자 생활하고 있다. 그의 집은 마찬가지로 알코올 의존증이었던 그의 아버지가 세웠으며 공장으로도 사용하던 곳이다. 외아들인 그는 그 집에서 아버지로부터 맞으면서 아버지에게 구타당하는 어머니를 감싸며 살았었다. 대학을 졸업하고 자동차 세일즈맨을 하면서 그 또한 알코올 의존증 환자가 되었다. 부모가 모두 세상을 뜨고 나서 결혼했는데 그도 취하면 아내를 때렸다.

아내와 딸들이 자신을 떠난 지 7년이 지난 지금 그는 여전히 아내와 같이 지냈던 침대에서 자고 있다. 주위에는 딸들의 옷가지가 그대로 있다. 처음 몇 년 동안은 술을 마시지 않고 맑은 모습으로 변한 자신에게 아내와 딸들이 돌아올 것으로 기대하고 있었지만, 이제는 그런 기대가 헛된 것임을 깨닫고 있다.

아내가 떠나게 된 것은 술 때문만은 아니며 자신의 잘못된 세상사는 법과 사고방식 때문일 수 있다고 생각하게 되면서 '조숙한 아이'(Adult Children)인 자신이 진정으로 회복되기를 원하게 되었다. 술에 취하지 않아 정신이 맑은 때는 밤이 길게 느껴져서 퇴원한 후부터 그는 매일 밤 여러 모임에 참가했으며 몇 년 전부터는 조숙한 아이의 치료 그룹의 멤버가 되었다. 그러나 그러한 그룹 내에서도 그는 고립되고 말았다. 자신도 모르게 사람을 거부하여 동료들로부터 멀어졌다. 이 때문에 언제부터인지는 분명하지 않지만 그는 내 주위를 맴돌고 있었다.

언젠가 나는 그에게 집을 좀 빌려달라고 부탁했다. 남편의 폭력으로부터 벗어나고자 하는 어떤 여성을 숨겨 주어야 했기 때문이다. 그는 쾌히 승낙해 주었고 지금은 사용하지 않는 1층 공장에 그녀를 숨기기로 했다.

그때는 그 집 전체를 이용하지 않고도 문제가 해결되었지만, 이 일이 계기가 되어 그와 나는 그 집을 여성을 위한 보호소로 사용할 수 있지 않을까 하는 문제에 대해 이야기하게 되었다. 그는 그 집에 처자식이 다시 돌아올 것이라는 꿈에서 깨어나고 싶어했다.

그럴 즈음 어떤 여성이 경영하고 있던 회사가 도산하는 바람에 파산했다. 그녀의 남편 역시 알코올 의존증 환자로 그녀는 오랫동안 얻어 맞으며 살아온 아내였다. 그런 이유로 C의 모임의 일원이었으며, 활동적인 그녀는 수 년 전 남편과 이혼하고 금방이라도 도산할 것 같은 친구 회사를 도와 그 회사를 인수하고 바로 세워 보려 했지만 뜻대로 되지 않았다.

그녀는 또다시 인생의 위기에 처했다. 임대료가 비싼 집을 나와 안정된 곳을 찾고 있었다. 이 여성의 앞날이 어두운 것을 보고 나는 지금이 기회라고 생각했다. 만약 그녀가 여성 보호소의 관리인으로서 인생을 재기할 생각이 있다면 보호소는 장소와 인력을 확보하게 되는 셈이었다. 나, 이 여성과 집 주인 사이의 이야기는 잘 정리되었고 나는 그에게 새집을 마련해 주었다. 그는 자기 집에서 가까운 곳을 골라 이사했다. 침대는 그대로 놓아두기를 바란 것 같았으나 새로운 관리인이 버렸고 딸들 옷은 새집의 주인이 가지고 갔다.

이것은 1992년 3월까지 일어난 일로, 1995년 4월까지는 22명의 여성이 이곳을 이용했다. 17~70세까지 가지각색의 사정과 드라마를 겪었던 사람들로 약 반수는 아이들을 데리고 있었다. 대부분의 사람은 앞에서 이야기한 여러 모임에 참가했고 공의존의 치료를 받았다.

지금까지는 공적인 지원금은 받지 않았다. 입소자 중에서 지불할 능력 있는 사람에게는 1박에 2,500엔을 받고 있지만 이것으로 유지해 나갈 수 없음은 물론이다. 몇몇 사람의 도움이나 기부, 그리고 강연회와 바자회 수익금으로 운영하고 있다. 운영 위원회에 참가하고 있는 사람은 C와 그 모임에 참여하고 있는 피학대 여성들로 남자인 나는 관여하지 않는 것이 원칙으로 되어 있다. 그렇기 때문에 자세한 것은 잘 모르지만 어떻게든 이대로 유지해 나갈 수 있을 듯싶다.

이 보호소를 세우는 데 최대의 공로자는 예전에 아내를 구타했던 알코올 의존증 남성이다. 그와 나는 특별한 관계가 아니었음에도 불구하고 드라마에서나 볼 것 같은 인연으로 C를 비롯한 많은 여성들의 소망을 이루게 되었다. 동시에 한 여성의 인생에도 극적인 변화가 있어서 단숨에 보호소를 개설하게 된 것이다.

　　부부간의 폭력에 대해서 생각할 때에는 남성적 특징을 갖게 하는 남성 호르몬 작용을 염두에 두어야 한다. 남녀 관계, 친자 관계 등 모든 가족 관계에 영향을 미치는 남성의 폭력성과 권력 지향성은 근본적으로 남성 호르몬에 근거한다고 생각되기 때문이다.

　　Y염색체가 만들어 낸 내분비 기관에 의해서 남아는 태아기 때부터 디하이드로 테스토스테론(외성기의 형상을 결정하는 역할을 하는 남성 호르몬)이 생성되고 테스토스테론의 영향을 받아 남성 뇌가 만들어진다. 테스토스테론의 영향을 받은 개체가 순위 투쟁이나 세력 싸움에서 능동성과 공격성을 발휘하는 것은 포유류와 조류의 수컷에서 확실하게 나타나고 있다. 인간의 경우, 체내의 테스토스테론의 농도는 출생 후 저하하여 제로에 가깝게 되지만 사춘기에 접어들면서 농도가 급격히 높아져 남성의 제2차 성징을 발현시키고 고령이 되면 농도는 다시 저하된다.

　　테스토스테론의 과다 분비는 억제하기 힘든 분노의 분출, 잔인한 공격 충동 따위와 관련이 있는 것으로 짐작되어지고 있다. 강간범, 상습 폭력범, 일부 성도착자의 테스토스테론 농도는 정상치를 넘는다는 보고가 있다. 또 미국에서는 유아를 성적 대상으로 하는 범죄(페도필리아)를 저지른 남성에게 테스토스테론 길항제를 투여함으로써 치료 및 추가 범죄 예방의 효과를 시도하고 있기도 하다. 한편 남성 알코올 의존증 환자의 테스토스테론 농도는 정상치를 밑돌고 있다는 실험 결과가 보고되고 있다.

다시 말하면 인류를 구성하고 있는 절반은 테스토스테론의 영향에 의해 무장이 되어 있다. 여기서의 무장이란 굵은 골격, 강인한 근육, 무성한 수염과 털, 민첩한 운동 신경, 고도의 시공간 인지력 등을 말한다. 그리고 이러한 전사로서의 능력을 이용하여 남성은 여성과의 관계에서 주도권을 행사하고 가족이라는 권력의 세습적 기구를 만들고 유지해 왔던 것이다.

일반적으로 남자는 여자와 비교해서 폭력의 억제력이 약하다. 순위 투쟁에 사로잡혀 있기 때문에 여성보다 질투가 심하다고 볼 수 있다. 그 때문에 남자들 간에 첫 대면을 하게 되면 먼저 서열을 둘러싼 탐색전이 시작되고, 이것이 결정될 때까지는 변변한 이야기조차 나누지 않는다. 서양의 문화에서 행하는 악수라는 인사법은 오른손에 무기를 지니고 있지 않다, 즉 전투할 생각이 없다는 증거를 보여 주기 위한 행동에서 유래한 것이라고 한다.

이에 비해서 여성은 특별한 이해관계가 없는 한 타인과의 교제가 비교적 원만하다. 여성들은 낯선 상대와 하찮은 이야기라도 끝없이 나눌 수 있다. 남자들은 이것을 여자들의 아둔함 때문이라고 치부해 왔지만, 아둔하기는커녕 이것이야말로 인류에게 오늘과 같은 번영을 가져다 준 원동력이라고 해야 할 것이다. 다른 남자들과

의 순위 경쟁에서 패배하고 지친 남자들은 여성이 지닌 교제의 원
만함 속에서 안식을 얻으려 한다. 남자들이 가족을 버리지 못하는
이유 가운데 하나는 바로 여기에 있다.

4 '건전한 가족'이라는 올가미

✿ 카운슬러 역할을 하는 자녀

50대 여성 D가 이미 출가한 딸에 대해 푸념했다.

"딸은 작년에 죽은 남편 일로 나를 탓해요. 남편을 사랑하지 않은 냉정한 여자라고……"

여성 D의 남편은 규모가 작기는 했지만 기업체의 사장을 지냈고 사회에서는 신사로 통하던 사람이었다. 그러나 폭주가로 집에서는 폭군이었으며 애인에게는 가족의 사랑을 받지 못해 자기는 불쌍한 사람이라고 호소하던 남자다. 일류 대학을 나왔다고 뽐내는 것을 보면 아이 같은 면도 있었고, 두 자녀 중 아들에게는 우수한 학력을 요구했다.

이 아들은 아버지 앞에서는 완전히 주눅이 들어 고등학교를 재수하게 되자 집에만 틀어박혀 있었고, 더 성장해서는 몇 번이나 직장을 바꾸더니 서른이 넘은 나이에도 아르바이트를 전전하고 있었다. 아들보다 세 살 위인 딸은 대학을 우수한 성적으로 졸업하여 아버지를 흡족하게 해주었으며, 졸업 후 얼마 지나지 않아 아버지가 권하는 남자와 결혼했다가 곧바로 친정으로 돌아와 버렸다. 신랑이 장인은 알코올 의존증 환자아니냐고 말한 것이 이혼의 사유

였지만, 딸은 어머니에게 아버지에게 상처를 주기 싫으니 이 사실만은 비밀로 해달라고 부탁했다.

융통성이 부족한 어머니는 딸과의 약속을 철석같이 지켰다. 남편은 아내가 제 마음대로 딸을 이혼시켰다며 아내를 질책하기 시작했다. 그후 딸은 자신이 선택한 남자와 결혼했지만 남편의 알코올 의존증은 점점 심각해져 작년에 세상을 떠났다.

남편의 죽음으로 얼마 동안 멍하게 나날을 보내고 있던 D가 어느 사건을 계기로 감정이 폭발했고, 그때부터 아주 가벼운 마음을 가지게 되었다. 그 사건이란 남편의 장례식 직후 생전에 남편이 애인과 함께 묵었던 호텔로부터 청구서가 날아온 것이었다. D는 남편의 유영(遺影)이 들어 있는 사진틀을 방바닥에 내던지고 분노를 폭발시켰다. 곁에 있던 아들이 어머니의 그런 모습을 웃으면서 바라보고 있다가 어디선가 야구 방망이를 들고 와서는 "이걸로 때려 부셔요"라고 말했다.

다음 날 감정이 누그러지자 산산이 부서진 사진틀을 부끄러운 마음으로 치우고 있던 D가 전날의 아들 행동을 생각하면서 비로소 깨달았다.

'그렇구나. 그애는 내가 남편에게 매일같이 질타당할 때, 나를 감싸주기 위해 학교에 가지 않았구나.'

그녀는 자신들의 부부 관계가 자식의 인생에 얼마나 깊은 영향을 끼쳤는가를 새삼 느끼게 되었다.

앞에서 남녀간의 공의존이라는 말을 소개했는데, 부모 자식 간에 발생하는 공의존적 관계는 '파라 의존'이라는 용어로 구별하여 부르자는 제안이 있다. 상대를 선택할 수 있는 배우자 관계와 상대를 선택할 수 없는 친자 관계를 같은 용어로 표현한다는 것은 분명 무리일 것이다.

　아이들은 우연히 태어나게 된 자신의 보금자리를 쾌적하게 만들려는 천부의 능력을 갖추고 있는 것 같다. 부모의 관계가 긴장되어 있을 때, 자녀는 극히 자연스럽게 가정의 안정을 지키고자 행동한다. 어떤 아이는 정서적·신체적으로 부모를 돕거나 위로하며, 또 어떤 아이는 한쪽 부모를 질책하며 양친 모두 사이 좋게 지내도록 유도한다. 이러한 아이를 보면 마치 부모의 카운슬러 역할을 하고 있는 것처럼 보인다.

불화를 무마하려는 자녀의 역할

부모의 긴장이나 불화에 신경쓰는 자녀들은 카운슬러 역할 이 외에도 익살꾼 역할, 꾸중 듣기 역할, 영웅 역할 등을 수행한다. 우스꽝스런 말이나 행동함으로써 식구들을 웃게 하여 집안 분위기를 밝게 하고자 하는 것이 익살꾼이다. 얼빠진 짓, 바보 짓, 무능한 짓을 골라 하며 이 집안의 문제들은 모두 다 자기 책임이라는 식으로 문제아임을 자처하면서 집안의 긴장을 풀려고 하는 것이 꾸중 듣기 역할이다. 영웅 역할은 학교나 경기장에서 발군의 성적을 올려 집안의 유망주가 되는 것으로 가족의 균열을 막는다.

꾸중 듣기 역할을 하는 아이들의 경우 부부 사이의 긴장이 높아져 이젠 끝장이라고 느낄 때면 학교 등에서 문제를 일으키거나 큰 부상을 당한다. 교사에게 불려 간다든지 병원에 달려가면서 아이들 문제로 흥분하는 동안 부모의 높아졌던 갈등은 위험치로부터 점점 내려가는 것이다.

가정 내 폭력, 과식증 또는 거식증의 절묘한 타이밍에는 치료자로서도 놀랄 만한 점이 있다. 비행을 저지르는 아이는 병을 앓는 아이보다 자신의 역할을 더 잘 알고 있으며 그런 만큼 자신의 숨겨진 역할을 느끼지 못하도록 행동한다. '내가 부모들 일을 알게 뭔가' 라는 식으로 행동하며 모른 척한다.

본드 흡입은 오늘날의 비행 청소년의 대표적 행태이지만, 이 문제로 당황해 부산을 떠는 부모들 중에서 이를 계기로 자신과 배우자의 관계를 반성하고 수정하기에까지 이르는 사람은 거의 없다. 오직 자녀를 나쁜 친구로부터 떼어 놓으려고만 한다. 부모가 사이 좋게 지내는 것을 본 아이들은 안심하고 부모를 버리고 자신을 받아 주는 친구들과의 세계로 빠져 들어간다. 그러나 이런 지경에 이르도록 부모가 자녀와 고통을 함께하지 못하는 가정의 아이들은 비행에서 질병으로, 심지어 범죄를 일으키는 경우가 있다.

열여섯 된 둘째딸이 본드를 흡입하고 있는 한 가족의 경우를 살펴보자. 이 소녀의 본드 흡입은 열네 살인 중학교 2학년 때부터 시작되었고 경찰이 개입했던 적도 한 번 있었다. 게다가 두 번에 걸쳐 3개월 간 정신 병원에 입원한 경험이 있다. 정신 병원에서 나와 어린애처럼 어머니에게 달라붙어 손가락을 빨고 침을 흘리면서 응석을 부리지만, 본드를 함께 흡입하던 친구로부터 유혹이 있으면 뿌리치고 나가 버린다.

아버지는 알코올 의존증으로 주정뱅이였지만 이 소녀가 여덟 살이 되던 해 이혼하고는 사라져 버렸다. 두 살 위 언니는 유아기부터 천식 발작이 있어서 지극히 신경질적이며 초등학교 때부터 틱(얼굴 등의 근육의 일부가 자신의 의지와 관계없이 연속적으로 움직이는 병)이 심해져서 중학교 때는 거의 집에 틀어박혀 어머니의 관심을 끌며 생활했다. 언니는 결국 어떤 록 그룹의 열성 팬이 되어 그룹의 공연을 쫓아다녔고, 같은 열성 팬 중 한 사람이던 남자 친구의 유혹을 받아 그대로 집을 나가 동거하고 있다. 여기까지는 소녀가 본드를 흡입하기 이전의 일이다.

이 소녀(뒷부분에서 또 이 소녀에 대한 내용을 다루기 때문에 E라고 이름을 붙여 두자)는 어머니가 술주정꾼인 남편의 폭력에 시달리고 틱으로 신경질적인 언니의 끊임없는 요구 때문에 몹시 바쁠 때까지만 해도 어른스럽고 착한 아이였다. 이 소녀의 문제 행동이 생겨난 것은 아버지가 사라지고 몇 년 후 언니마저 집을 나간 직후였다.

이때부터 어머니는 남에게 봉사만 하며 살아온 것을 후회하는 듯 밖으로 돌아다니며 자신의 생활을 즐기게 되었다. 자신에 맞는 취미를 살려 학생 시절의 즐거움의 하나였던 댄스를 시작하고, 옛날의 친구나 새로 사귄 친구와의 교제를 즐기고 있었다.

이 무렵 중학생이 된 E는 학교에서 집단 따돌림을 당하여 분한 눈물을 흘리며 집에 돌아오는 수가 많았고, 담임 선생님도 이유 없이 미워하여 학급 내의 문제를 전부 그녀 탓으로 돌리기 시작했다. 딸을 어른스럽고 착한 아이라고 믿었던 어머니가 선생님의 트집에 신중하게 대처하지 못하고 지내는 사이, 마침내 소녀는 "어차피 쓸모없는 사람 취급을 받을 바에 정말로 그런 사람이 될 거야" 하고 입버릇처럼 말하게 되었고 비행 그룹에 끼어 본드를 흡입하게 되었다. 그리고 얼마 되지 않아 정신 병원에 입원을 해야 할 정도가 되었다.

이 사례의 경우 E의 문제 행동은 미묘하지만 가족이라는 조직의 해체를 방지하는 역할을 하고 있다고 볼 수 있다. 아버지의 알코올 남용의 경우 역시 가정은 이로 인해 항상 긴장감에 쌓여 있었지만, 한편으로는 남용 그 자체가 가족의 해체를 지연시켰다는 측면이 있는 것이다. E의 아버지가 술을 마시지 않고 있을 때가 오히려 가족 내의 긴장감이 컸다. 마시지 않았을 때의 아버지는 시종 안절부절못하고 어머니가 어리광 피우는 장녀의 요구를 들어주는 것을 보기만 해도 큰소리로 화를 내어 딸들을 위축시켰기 때문이다. 아버지가 술을 마셔서 일으키는 문제는, 다시 말하면 아버지의 모든 문제는 음주로 인한 것이고 모든 죄는 알코올이라는 물질에 있으며 아버지는 가엾은 희생자라는 착각을 갖게끔 했고, 그 착각이 가족을 구제하고 있었던 셈이다.

그러던 아버지가 집을 떠나자마자 10대에 들어선 장녀의 자기중심적인 행동은 점차 격해졌고 심지어는 등교 거부를 하게 되었다. 장녀는 하루 종일 집에 있으면서 어머니 곁에 달라붙어 하찮은 일조차 요구하고 그 요구를 들어주지 않으면 신경질을 부렸다. 이러한 장녀의 행동은 마침 아버지의 이탈로 인해 가족이라는 조직이 붕괴되려는 것을 어머니와의 유대를 극단적으로 강화시킴으로써 방지하고자 하는 것처럼 보였다.

그리고 장녀가 집을 나갔을 때 기다렸다는 듯이 차녀의 문제 행동이 시작되었다. 현재 E는 본드 흡입이라는 문제 행동을 저지름으로써 간신히 어머니와 맺어지고 있는 것이다.

이렇게 보면 아버지의 알코올 남용, 장녀의 등교 거부, 차녀인 E의 본드 흡입은 그들이 배우자나 어머니와의 관계 유지를 통해 가족의 조직을 유지하는 데 영향을 끼친 행동들로 이해할 수 있다. 즉 질병이나 나쁜 버릇은 그 자체가 가족이라는 조직을 유지하기 위한 도구 역할을 한다는 견해가 가능하다.

세대를 초월한 불행

사실 E의 외할아버지도 알코올 의존증이었다. 외할머니는 외동딸, 즉 E의 어머니가 세 살 때 남편과 이혼하고 초등학교 교사를 하면서 딸의 성장을 삶의 보람으로 여기며 열심히 살아왔다. E의 어머니가 남편과 이혼할 때 외할머니는 강력히 반대했는데, 그 이유는 딸이 자신과 똑같은 인생을 걷게 되는 것이 싫었기 때문이다.

E의 어머니는 초등학교 저학년 때부터 직장생활을 하는 어머니를 대신해서 집을 지키고 집안일을 전부 해냈다. 불행했던 것은 바깥일만 하는 어머니에 대해서 전혀 불만스러운 내색을 비치거나 반항을 하지 않았다는 사실이다. 뿐만 아니라 어머니에게 요구해도 될 것조차 말하지 않고 지나쳤다는 점이다. 그 때문에 그녀는 주위로부터 효녀라는 칭찬을 들었지만, 정작 자신은 어머니의 기대에 묶여 자주성을 잃어버린 여성이 되었다.

그녀가 어머니에게 보인 유일한 반항이 바로 배우자 선택이었다. 그녀는 전문대학을 졸업하고 일하기 시작하면서 댄스 모임에 들어가 거기서 알게 된 음악가와 교제를 시작했고 결국 어머니의 반대에도 불구하고 결혼했다.

이미 언급한 바와 같이 이 결혼은 파탄으로 끝났지만, 그녀에게는 자신과 어머니 사이의 거리를 확보하기 위해서 결혼이 필요했을 것이다. 이렇게 해서 E의 어머니는 알코올 의존증 환자의 딸임과 동시에 알코올 의존증 환자의 아내이며 지금은 약물 의존증 환자의 어머니가 되어 있는 것이다.

알코올이나 약물에 대한 의존이 어느 한 가계 내에서 세대를 통해 전해지는 것은 드문 현상이 아니다. 알코올 의존증이나 약물 의존증에 빠지기 쉬운 인자가 유전한다 — 알코올 의존증에 대해서는 이러한 인자의 존재가 분명해지고 있다 — 는 가설도 있다. 여기서 거론한 예처럼 알코올 의존증 아버지를 둔 딸이 배우자 선택을 통해서 알코올이나 약물 의존증 환자의 아내가 되고, 그 딸이 다시 알코올이나 약물 의존증 환자와 결혼한다든지 자신이 의존증이 되는 경우가 있는 것이다.

인자의 세대간 유전은 생물학적 문제이지만, 의존증 환자의 딸이 의존증 환자의 아내가 되는 경향은 유전의 차원으로는 설명할 수 없다. 오히려 부부간의 인간관계, 즉 남편과 아내로서의 역할이나 규칙, 의사 소통의 유형 등이 자녀 세대에 학습되어 반복되는 것이라고 생각하는 편이 자연스럽다. 위의 경우를 예로 들자면 소녀와 어머니와의 관계, 어머니와 할머니와의 관계에는 유사한 점이 있고 그리고 할머니와 증조할머니와의 관계에서도 이런 유형의 모녀 관계가 존재했을 것이라는 이야기이다. 사실 증조할머니 역시 폭력을 휘두르는 남편과 이혼하고 여자 혼자의 힘으로 할머니를 키워 낸 '불행한 어머니'였다고 한다.

이 가족 내에는 증조할머니, 할머니, 어머니라는 모계를 통해 이어지고 있는 일종의 가치 시스템이 존재하고 있다고 추측된다. 착한 아이의 성장을 삶의 보람으로 삼는 어머니 세데의 기대가 딸의 생각을 구속하며, 불행한 어머니의 헌신은 세대를 초월해서 강요되어 왔다. 이것이 자신의 행복을 우선적으로 생각하지 못하는 공의존적인 아내와 어머니를 낳음으로써, 이로부터 불행한 아내의 남편 이야기가 세대를 초월하여 반복되는 것이다.

E와 E의 어머니와 같은 사람들을 '조숙한 아이'라고 부른다.

그릇된 신념

조숙한 아이는 원래 기벽자 부모를 둔 자녀들을 가리키는 말이었지만 최근에는 '학대 부모 밑에서 자라난 조숙한 아이'를 의미하며 부모 중 한 사람이, 예를 들어 우울증이나 일중독증으로 가족을 돌보지 않아 가족의 기능이 불완전한 집에서 자라난 조숙한 아이들에게 모두 적용된다.

이런 사람들은 성장 과정에서 부모에게 배운 그릇된 신념에 사로잡혀 있기 때문에 생활하는 데에 어려움을 겪는다. 그릇된 신념에는 여러 가지가 있지만 대표적인 것은 '부모의 불행은 내 탓'이라고 믿는 것이다. 여기에는 '아버지가 저렇게 술을 마시는 것은 나 때문이다.'라든가 '아버지가 바라는 훌륭한 사람이 되지 못해서 내가 아버지를 불행하게 만들었다'고 하는 죄책감도 포함된다. 다시 말해 자신이 부모에게 힘이 되어야만 부모의 사랑을 받을 수 있거나 무엇보다도 결정적인 생각인 '아예 태어나지 않았어야 했다.'는 신념이다.

물론 아버지의 지나친 음주로 인한 어머니의 불행도 자신의 잘못으로 생각하기 때문에 조숙한 아이들은 어머니의 위로자이자 카운슬러 역할에서 해방될 수 없는 경우가 많다. 부모를 대신해서 어린 동생들을 보살피는 것, 술 취한 부모를 극진히 돌보는 것, 슬픔에 겨워 누워 있는 어머니 대신 식사 준비를 하고 청소를 하는 것, 어머니의 하소연과 신세 한탄까지 들어주는 것이 조숙한 아이 곧 착한 아이이다. 착하지 않으면 버림받고 말 것이라는 감정이 그들을 이처럼 몰아세운다.

이러한 신념들을 가지고 자라면 어린 시절뿐만 아니라 성인이 되어서도 자신의 감정을 솔직하게 표현할 수 없게 된다. 솔직하게 표현하지 못하는 감정은 결국 둔감해지고 산다는 기쁨이 함께 사라져 버리지만, 부모나 형제를 보살피는 동안에는 여유가 없으므로 이러한 사실을 깨닫지 못한다. 조숙한 아이처럼 사는 것은 긴장감이 고조된 집에서 자란 아이들의 일종의 적응 양식이며 생존 방식이라고 할 수 있다.

조숙한 아이들은 사춘기에 들어서서 집을 떠나게 되면 곧바로 인간관계의 벽에 부딪히게 된다. 자신이 무엇을 위해 살아왔는지, 무엇을 위해 살아갈 것인지 알 수 없게 되며 매일 왠지 모르게 허전하고 지루하며 긴장으로 인해 쉽게 지친다.

이럴 때 그들을 구제해 주는 것은 알코올, 약물, 도박이며 특히 여성에게는 무엇보다도 '내가 없으면 살아갈 수 없을 것 같은' 무능한 인물과의 만남이다. 조숙한 아이는 의존적인 사람, 자신의 부모처럼 돌보아 주어야 하는 사람을 만났을 때 비로소 활력을 느끼기 시작하며 자신의 존재 가치를 느끼게 된다.

조숙한 아이들 중에서 가장 출세한 대표적인 사람은 미국의 전

대통령 빌 클린턴이다. 그의 어머니는 이혼과 결혼을 반복했으며, 의붓아버지 한 사람은 알코올 의존증 환자로 어머니를 학대하고 폭력을 휘둘렀다. 클린턴은 어머니를 보호하고 집을 도망 나와 정원의 자동차 뒤에서 어머니와 함께 밤을 새는 일이 드물지 않았다. 클린턴의 남동생 또한 약물 의존증 환자였다. 그는 이러한 사실을 대통령 선거 때부터 자기 입으로 이야기했다. 조숙한 아이로서의 자신을 나타낸 것이다. 지금까지의 미국 대통령 가운데 조숙한 아이는 또 있을 테지만, 빌 클린턴은 조숙한 아이라는 인식을 가진 최초의 대통령이다.

이 사실을 지적하는 것은 조숙한 아이가 대통령이 될 수 있다고 그들을 고무하기 위해서가 아니다. 한 인간이 대통령을 목표로 하는 것은 개인의 선택 문제이다. 나는 조숙한 아이가 조숙한 아이로서 인간관계의 문제를 안고 있으면서도 살아가는 방법에는 여러 가지가 있다는 점을 말하고 싶을 뿐이다.

　조숙한 아이의 부모는 자녀의 인생에 스며들며, 조숙한 아이는 부모처럼 살게 된다. 조숙한 아이는 때때로 아버지를 증오하고 저주하며 아버지와는 전혀 다른 삶을, 자신만의 삶을 찾으려고 하지만 결국에는 아버지를 닮은 모습으로 끝난다. 모나게 자라난 부모의 자식이 둥글게 사는 법은 거의 없다. 만약 그렇게 되고자 한다면 자신의 내면에 잠재해 있는 조숙한 아이의 성향을 자각하고 이를 수정하는 데에 상당한 정열을 바치지 않으면 안 된다.

　조숙한 아이의 모든 속성이 반드시 부자 관계 속에서 생겨나는 것은 아니다. 조부모 대부터 있던 문제가 손자 대로 유전되며 이를 강조하고 싶을 때는 AGC(adult grand-children)라는 이름이 필요하다.

　생존이라는 언어는 조숙한 아이에게 특별한 의미를 갖고 있다. 자녀를 학대하는 부모 밑에서 자라난 조숙한 아이에게는 문자 그대로 살아남는 것을 의미하지만, 알코올 의존증 부모를 둔 자녀의 경우에는 자기 자신이 부모처럼 알코올 의존증이 되지 않거나 알코올 의존증 환자와 결혼하지 않는 것도 '생존'으로 표현된다. 이

것이 얼마나 어려운 일인지는 알코올 의존증이라는 진단을 받고 입원해 있는 남자 환자 2명 중 1명이, 그리고 그들 아내의 4명 중 1명이 알코올 의존증 환자인 아버지를 두고 있다는 사실을 보면 알 수가 있다.

입원 환자들이라고 어린 시절부터 알코올 의존증 환자가 되고 싶었던 것은 아니다. 오히려 절대로 아버지같이 되지 않겠다고 다짐하면서 살았는데 어느 날 정신을 차리고 자신을 돌아보니 아버지와 똑같은 생활에 빠져 있더라는 것이다. 아내 역시 절대로 어머니같이 되지 않을 거라고 결심하면서 성장했을 것이 분명하다. 그러나 자기도 모르는 사이에 어머니와 똑같은 인생을 살고 있는 것이다.

그러면 이들이 알코올 의존증에 빠지지 않거나 그런 사람의 아내가 되지 않는 것만으로 생존에 성공했다고 볼 수 있을까? 반드시 이렇게 된다고 단언할 수 없다는 사실에 어려움이 있다.

예순 살 가까이 된 어떤 남자가 다음과 같이 고백했다고 한다.

"나는 절대로 아버지처럼은 되지 않겠다고 결심하고 필사적으로 살아왔다. 그러나 이 나이가 되어서 돌이켜 보니 아버지와 나와의 차이는 단 하나, 아버지는 술로 죽었지만 나는 술로는 죽지 않을 것 같다는 사실뿐이다."

이 남자는 아버지로부터 물려받은 음주 이외의 생활 습관, 가치관, 특히 인간관계와 같은 것에 대해 말하고 있는 것이다.

그러니까 여기서 말하는 '생존'이라는 단어에는 술과 술꾼 남편을 거부하는 것만이 아닌 '자신을 위한 삶의 가치를 발견하고 추구하는 것'의 의미가 내포되어 있다. 알코올 의존증 환자가 타인을 위해서만 살면서 자신의 삶에서 기쁨을 얻지 못한다면 생존에 성공했다고 볼 수가 없는 법이다.

대부분의 조숙한 아이는 착한 아이로서 성장한다고 앞에서 설명했듯이, 그들은 자신의 욕구와 감정을 소중히 여기지 않고 다른 사람의 욕구와 감정을 우선적으로 배려하기 때문이라고 할 수 있다. 이런 사람들 중에는 타인에게 도움이 되지 않는 인생을 살아야만 한다는 생각에 얽매여 오로지 타인을 보살피는 일에 자신의 모든 삶을 바치는 사람이 많다. 이러한 이유로 간호사, 임상 실험가, 의사, 목사 등의 직업을 가진 사람들에게 조숙한 아이를 쉽게 찾아볼 수 있다. 물론 이러한 직업에서 일해서는 안 된다는 뜻으로 하는 말은 아니다. 아무리 타인을 위해 봉사하는 숭고한 직업을 갖고 있더라도 그것이 자신에 대한 긍지와 자존심을 고양시키는 즐거운 일이 아니라면 조숙한 아이로서 생존에 성공했다고 볼 수 없으며, 그런 사람이 사람을 치료한다는 것은 진정한 의미에서 불가능하다고 말하고 싶을 뿐이다. 그런 이유에서 치료사라고 불리는 사람들은 자신의 내면에 있는 조숙한 아이와 같은 부분을 자각하고 거기에서 벗어나는 작업을 해나갈 필요가 있다.

조숙한 아이에 대해 생각하면 사람은 가족 내에서 사랑과 보호를 받으며 성장한다는 당연한 믿음이 위험하게까지 느껴진다. 도대체 가족이란 무엇인가?

여성은 자녀를 출산하기 위해 생사의 기로에 서기도 한다. 아이는 한 여성의 반쪽을 빼앗아 가버린다. 여성은 왼팔과 가슴으로 이어지는 삼각형의 공간 안에 아이를 품고 가슴에 귀를 대게 하여 태아 때부터 아이에게 익숙한 심장 박동을 전하여 그 공간이 안전한 장소라는 신호를 전한다. 유아에서 어린이로 자라나는 시기의 어머니의 품속은 10개월 만에 너무 일찍 태어난 인간의 아기, 즉 본래는 태아였어야 할 아기에게 인공 자궁인 셈이다.

아이가 성장하면서 어머니의 몸 전체가 안전한 장소가 되며 아기와 어머니가 생활하는 공간으로 넓어진다. 그리고 그것이 거실과 정원으로 확대되면, 이것이 곧 가정이다. 따라서 가정은 본래 어머니가 아기를 안전하게 육아하기 위해 필요로 하는 공간인 셈이다.

아버지는 이렇게 아이에게 한 팔을 빼앗긴 성인 여성을 도와주는 또 한 사람의 성인으로서 등장해야 한다. 그러므로 '또 한 사람의 성인'이 반드시 남자만의 역할은 아닐 것이다. 오히려 어머니의 어머니가 이 역할을 하는 것이 자연스러울 수 있다.

하지만 어머니와 딸의 관계느 무척 복잡하고 골치 아픈 관계이며(제5장 참조) 같은 세대의 여성들은 각자의 아이를 안고 있기 때문에 도움을 기대할 수 없다. 여기에 테스토스테론에 지배되고 있는 남자는 항상 자신과의 인연을 주장하기 때문에 결국 남자와 여자로 이루어지는 부부 관계가 형성되었을 것이다.

어쨌든 혼인이라는 제도가 성립되고 아이가 태어난다는 사고보다는 어머니와 자녀의 관계가 먼저 있고 거기에 아버지가 등장한다고 생각하는 것이 자연스럽다고 여겨진다. 다시 말하면 아버지의 역할이란 자녀에게 '안전한 장소'를 제공하는 역할을 하는 어머니를 안전하게 지켜 주는 역할에 불과하다. 이 사실을 이해하지 못하는 아버지, 즉 어머니의 자녀 교육에 지나치게 참견하는 시어머니 같은 아버지라면 없는 편이 낫다.

이처럼 생각하면 '배우자의 선택 → 결혼 → 출산 → 육아'라는 여성의 인생 과정을 불변의 원칙으로 생각할 필요는 없어진다. 오늘날 이런 원칙은 이미 깨어지고 있는지도 모른다. 예를 들어 평균 출산율이 2.0% 선을 회복한 덴마크의 경우, 자녀를 낳은 어머니의 반 수 이상이 '결혼하지 않은 어머니', 즉 자발적 미혼모라고 한다. 서구 사회에서는 벌써 아버지 없이 어머니와 자녀만으로 구성된 가정이 사회 전반에서 심각한 문제로 대두될만큼 크게 증가하고 있다. 덴마크의 경우, 사회 전체가 가정을 보호해 주는 '또 한 사람의 성인의 역할'을 부담하려고 한다.

　가정이라는 것을 이처럼 다시 생각해 보면, 아버지야말로 집에서 가장 중요한 존재이며 가정의 존재 이유이다. 바꾸어 말하면 아이가 없다면 여성에게는 남자도, 결혼이라는 제도도 필요 없게 된다.

❋ '아이'라고 불리는 성인

그렇다면 '여성은 언제까지 아이를 품에 안고 있어야 하는 가', 다시 말해 '언제까지 양육해야 하는가'라는 점이 또 다른 문제 가 된다. 사람의 아이가 성인이 되기까지 걸리는 시간은 다른 포유 류에 비하여 매우 길다. 앞에 소개했던 헬렌 피셔는 이 사실을 이 렇게 재미있는 말로 표현했다.

"인류는 아기라는 또 하나의 종족을 기생시키면서 사는 동물이 다."

아기의 성장 기간이 길다는 점이 가정이라는 것을 항구적이라고 착각케 하는 근원적인 이유가 되고 있다.

일반적으로 사람의 신체적 성장이 거의 완성 단계에 도달하는 시기는 평균 15세 전후이다. 남자 아이의 경우 남근의 발기와 사정 이 10세 전후에 시작되고 15세 정도까지는 이미 정자에 수태 능력 이 생겨난다. 여자 아이는 15세 안팎에 첫 생리를 경험한다. 말하 자면 현대인은 15세가 되면 다음 세대를 만들 수 있는 능력을 지닌 다. 물론 사회적 능력이라는 관점에서 한 사람 몫을 한다고 할 수 없지만 성인인 것이다. 이렇게 아이라고 불리는 성인을 품에 안고 가족을 이루고 있는 것이 현대의 핵가족이다.

유아 시절에 주던 모유를 이유기가 지나서까지 계속 주면 발육에 장애가 되는 것처럼, 15세 이전까지는 아이에게 안정감과 성장의 바탕이 되던 '사랑의 보살핌'은 15세를 넘기고 나면 성장을 지연시키고 계속 아이로 남게 만들 수 있다. 현대 사회의 구조 하에서 사실 15세 이후부터 전혀 보살핌을 주지 않는다는 것은 불가능할 뿐더러 경제적 자립을 이루는 나이도 사회가 발달할수록 늦추어지고 있다. 하지만 경제적·사회적 보살핌은 말할 나위 없고 생리적으로는 성인이 되어 있는 자녀에게 '자, 이제 일어나거라. 학교 늦겠다' 따위의 보살핌을 끊임없이 준다면 정서적 발육이 지연되는 것은 지당한 일이다.

사회 구조적 성격상 어쩔 수 없기 때문에 최소한의 보살핌을 주되 자녀가 보살핌을 받는 것이 옳지 않은 일이라는 떳떳치 못한 기분이 들게 하는 정도가 가장 좋다. 용돈을 줄 때에는 자립할 수 있는 여건을 만들어 주지 못한 것에 대해서 안쓰러운 마음을 가질 필요가 있다.

자녀가 15세가 된 다음 날 '이별 파티'를 하라고 제안하고 싶다. '지금까지 우리의 아기로 있어 주어 고맙다. 그러나 이것으로 부모자식의 관계는 끝이다' 라고 말하면 자녀들은 처음에는 놀라겠지만 자신의 현실을 받아들이는 데 도움이 될 것이다.

그날 이후로는 이 성인 자녀를 한 사람의 동거인으로 대해 주는 것이다. 이 사실을 정확하게 지키면 가까운 시일 내에 이 동거인은 방값과 식사비 정도는 낼지도 모른다.

지금 대부분의 부모에게는 이것이 사실상 불가능할 것이다. 부모들은 여전히 부모의 역할을 포기하지 않는다. 이를 포기한다면 자신의 성(性)에 다시 한번 직면해야 하므로 막내아이의 이별 파티가 끝나면 어머니와 아버지의 역할과 직분이 없어지고 여자와 남자의 위치로 되돌아간다. 이 지점에서 부부는 이대로 부부 관계를 지속할지에 대해 의논해야 한다. 이때부터 여자와 남자로 돌아와 배우자를 새롭게 찾는다는 것은 결코 쉬운 일이 아니다. 이는 몹시 성가신 일이기 때문에 가정이라는 제도를 빌어 그대로 부모로서, 부부로서 역할을 계속한다. 그러한 관계를 지속하고 싶다고 성인이 되어 있는 자녀를 보살펴 주어야 하는 대상으로 붙들어 놓으면 자녀들의 삶은 힘들어진다.

 가족으로부터의 일탈 과정

자녀들은 어머니의 삶에 보람이다. 그리고 그녀의 사랑을 받고 자라며 그녀를 지탱해 준다. 때로는 어머니가 투영하는 나르시시즘을 받아들이는 사람이 되어 어머니의 액세서리나 인형의 역할을 해낸다. 만약 어머니가 자신을 사랑할 수 없는 사람이었다면 어머니의 증오 대상이 되어 학대를 당하게 되는 것이다.

더욱이 성장하여 언어를 구사하고 이해할 줄 아는 나이가 되면 자녀는 어머니의 지시와 기대를 받는 사람이 되기도 한다. 때로 자녀는 어머니의 절망과 불안을 이해하고 공감해 주며 괴로워하면서 어머니를 위로한다. 만약 어머니가 남편의 사랑이 부족하다고 고민하고 있다면 그녀를 대신해서 아버지의 기분을 맞추고 집에 머물게 하는 것도 자녀이다. 어머니와 함께 아버지를 미워하고 그렇게 함으로써 어머니의 세계관 속에 자신을 두는 것도 자녀이다.

자녀의 입장에서 보면 이러한 역할을 언제까지나 하고 있을 수는 없다. 나름대로 새로운 삶이 눈앞에 전개되고 있기 때문이다. 자칫하면 어머니의 인생에 따라 자녀의 일생은 끝나고 만다.

자녀가 그 역할에서 벗어나는 결정적인 계기는 사랑이다. 그 상대가 이성이든 동성이든 상관없다. 누군가를 사랑함으로써 어머니에게 갖고 있던 애착의 감정은 신기할 정도로 깨끗하게 퇴색되어 버리는 것이다. 이런 사실은 부모 자식 간 애착의 감정의 본질을 잘 드러내고 있다.

사내아이의 경우 사춘기의 이전 단계인 10~12세에 이미 어머니의 보살핌은 귀찮은 것으로 변하기 시작한다. 사춘기 전기 단계, 즉 12~15세에 자신과 아주 비슷한 친구와의 사이에 나르시시즘의 연장과 같은 깊은 애착이 생기고, 이를 통해서 '남자 동맹군'과 같은 것에 편입되어 간다. 거기에는 연상의 남자나 성인으로 구성되는 리더나 서브리더가 있게 마련이며 이들 강자에 대한 복종과 집단 밖 사람은 배제하고 세력을 유지하기 위한 투쟁과 같은 남자다움의 기본 요소를 터득한다. 다시 말하면 남자는 그냥 두어도 자연히 군대 조직과 같은 것을 만들고, 그 속에서 이성과의 교제 방법 등을 교육받는다. 그러나 현대의 핵가족에서는 부모 자식 간의 유대가 너무 강하여 가족으로부터의 일탈 과정을 실천하기 어려운 아이들이 많아지고 있다.

딸의 경우에 이 사실은 조금 더 확실하다. 집 밖에서 애착의 상대를 발견하고 가족으로부터 떨어지려는 충동에 사로잡히게 된다. 이러한 현상이 뚜렷이 드러나지 않는 경우가 많은데, 이것은 소녀들이 사회적 압력 때문에 이러한 충동을 위험한 것으로 인지하고 압박받기 때문이다.

이 시기의 일부 소녀에게 나타나는 가족으로부터 일탈되는 것에 대한 공포나 유아기적인 어머니에 대한 집착(아기로의 퇴행)은 가족에게서 분리되고자 하는 충동에 기원하고 있는 것으로 생각된다. 이것은 자신의 내면에서 꿈틀거리는 충동에 대한 당황과 불안에 의한 것이다. 그리고 일부 소녀는 이러한 현상이 잦아지면 거식증이나 구토에 의해 현저하게 야위어 간다. 이런 소녀들에게 또렷하게 볼 수 있는 야윔과 영양실조는 '이성에의 접근 게임'으로부터 멀어지게 하여 집에 머무르게 하는 데는 도움이 된다. 결과적으로 거식증과 과식증은 아이의 역할에서 벗어난다는 삶의 과제를 해결하는 일종의 생존 전략이라는 의미를 가지고 있다.

  아이들이 가족으로부터 분리되어 가는 과정에 결정적인 영향
을 미치는 것이 성숙이라는 사실은 상식적으로도 판단할 수 있다.
인간이라는 종족으로부터 시각을 더욱 넓혀 바라보면 한층 선명하
게 보인다. 사람과 침팬지를 비교하는 것을 경계하는 의견이 많다.
하지만 이제 우리 인간과 지극히 가까운 개체를 구별함으로써, 지
켜야 될 인간의 존엄성뿐만 아니라 객관적으로 인정하지 않을 수
없는 상호간의 동질성을 감지해야 할 시기가 되었다는 사실에 대
하여 영장류 학자나 초기 인류 학자의 노력의 결실 덕분에 많은 정
보를 입수할 수 있게 되었다.

  칼 세이건과 앤 드루이언의 저서 『머나먼 기억』에 의하면 침팬지
와 사람의 염색체 수는 96%의 일치율을 보인다. 고릴라, 오랑우탄
과 같은 다른 영장류와 비교하면 일반 침팬지와 피그미침팬지는
우리와 아주 가깝다. '그들에게는 언어가 없지 않은가?' 라고 반박
할 수 있으나, 이는 발성의 해부학적 연구가 발달되어 있지 않을
때의 이야기이다. 수화로도 대화가 가능하며 인간이 잊어버렸기
때문에 오늘날 우리는 알 수 없는 종류의 감각 의사 소통의 수단까

지 고려한다면, 그들의 정신 활동은 지금껏 우리가 생각해 온 것보다 훨씬 높은 수준에 있다고 볼 수 있다.

300만 년 전에 시작된 빙하기는 지구의 환경을 엄청나게 바꾸어 놓았는데, 아프리카의 많은 밀림들이 광활한 사바나 초원 지대로 바뀌었다. 이 시기에 밀림의 나무 위에서 생활하던 습성을 포기하고 사바나 호수 주위에 살고 있던 몇몇 종의 직립 보행자들, 즉 초기 인류는 여전히 밀림에 살고 있는 침팬지와는 다른 사회 형태를 이루고 있었을지 모르지만 공통의 부분이 반드시 있었을 것으로 추측된다.

마찬가지로 초기 인류로부터 20만 년 전에 분화한 우리 인간의 피 속에는 옛날 밀림 속에서 지내던 조상들의 습성과 유사한 습성이 남아 있는 것은 아닐까? 특히 성과 생식, 부모(이 경우 문제가 되는 것은 '어미' 뿐이다)로부터 벗어나는 일과 같이 호르몬에 의한 생리적 현상에도 '원초적 생태'라고 부를 만한 것이 보존되어 있을 가능성이 있지 않을까?

침팬지의 평균 수명은 40~50년으로 이는 극히 최근까지의 사람의 수명과 별반 다름없다. 그중 최초 10년 정도가 사춘기를 포함한 유년기에 해당하며 그 동안에 어린아이들과 접할 수 있는 것은 어미뿐이다.

침팬지는 원칙적으로 자웅 커플을 만들지 않는다. 30~40마리 정도로 구성되는 그들의 사회는 군대와 같은 수컷 우위의 계급 조직이며 최고 권력자인 알파 수컷이 조직 내의 모든 일에 독재적 영향력을 갖고 있다. 최고 권력자는 부하를 거느리고 빈번히 자신의 세력권을 감시하며 순회한다. 더러는 전쟁을 하여 적을 몰살시키고 적의 암컷을 포획해 온다. 사냥을 하여 고기를 가지고 와서는 동료들의 환영을 받는다.

암컷 사이에도 엄한 서열이 있지만 수컷과 지속적인 커플을 만드는 경우는 거의 없다. 발정한 암컷은 수컷 여럿을 받아들이지만, 당연히 알파 수컷이 섹스에 있어서도 우선권을 가지므로 자신의 유전자를 더 많이 남길 수 있다.

새끼들은 암컷과 같이 생활하기 때문에 수컷은 자기 새끼를 알 수 없다. 이는 특히 알파 수컷과 베타 수컷처럼 서열이 높은 수컷에게는 근친상간의 위험성이 존재한다는 것을 의미한다. 그러나 암컷 새끼는 첫 생리가 끝나면 무리를 떠나므로 근친상간을 걱정할 필요는 없다.

침팬지와 같이 세력 의식이 강한 종족에게 있어 무리를 떠난다는 것은 다른 동물의 사냥감이 될 수 있는 운명을 가지고 있어 매우 위험한 일이다. 그렇지만 암컷 새끼는 무리를 떠나 다른 그룹의 수컷과 섹스하려고 한다. 섹스를 하고 난 뒤 원래의 무리로 돌아와 다시 어미와 생활하며 새끼를 낳는 경우가 있다. 수컷 새끼는 열 살 정도가 되면 순찰대에 편입된다. 한 마리의 수컷으로서의 역할이 요구되고 그때부터 그들의 관심은 암컷과의 섹스에 집중되지만 어미는 그 대상에서 엄격히 제외된다. 어쩌다 잘못되어 어미에게 시도하더라도 심하게 거절 당한다. 어미는 자기 새끼를 잘 식별하고 있기 때문이다.

수컷 새끼의 어미에 대한 태도는 암컷 새끼에 비하면 냉담하지만 어미는 수컷 새끼에 언제나 신경을 쓰고 있으며, 서열 투쟁에서 불리한 입장에 처해 있을 때에는 가세하는 경우도 있다고 한다. 수컷 새끼가 훌륭하게 되면 어미의 서열은 따라서 올라간다.

어미가 수컷 새끼를 데리고 다닐 때 성숙한 수컷으로부터 섹스를 제의받는 수가 자주 발생한다. 그때 수컷 새끼는 어미에게 접근한 수컷에게 달려들어 공격하는데, 이런 경우의 수컷은 아주 관대하여 끈질기게 공격해 오는 어린 새끼에게 화를 내는 일은 거의 없다고 한다.

칼 세이건은 이러한 수컷 새끼의 수컷에 대한 공격성과 프로이트의 오이디푸스 콤플렉스의 유사점에 대해 언급하고 있다. 성숙한 침팬지는 우리가 볼 때 맹수에 가까운 공격적인 동물이지만 새끼들에게는 매우 자상하다고 한다. 자기 자식을 알아보지 못하는 수컷이지만 새끼들에게는 다정한 것이다. 그러나 다른 그룹의 암컷이 새끼를 데리고 있는 것을 보면 그 새끼를 빼앗아 바위나 나무에 내던져서 죽인다.

서열이 높은 암컷은 서열이 낮은 암컷의 새끼를 빼앗아 잡아먹기도 한다. 그러한 현장에서 울며 슬퍼하는 어미를 자상하게 감싸주며 위로해 주는 것도 암컷인데, 조금 전까지 서열이 낮은 암컷의 새끼를 잡아먹고 포만감을 느낀 암컷이 그렇게 한다.

이상은 영장류 연구 학자들의 피비린내 나는 관찰 결과를 산만하게 열거한 것이지만, 우리가 만드는 무리와 비교해 보면 어떨까? 그들의 모습이 고상한 우리 인간 무리의 모습과 조금도 닮지 않았다고 말할 수 있는 걸까?

5 어머니와 딸의
위태로운 관계

✿ 딸 앞에서 긴장하는 어머니

20대 중반이 되는 딸의 약물 중독에 대해 고민하고 있는 어머니가 있었다. 딸의 비행은 고등학교 때부터 시작되어 본드 흡입, 각성제 의존으로 발전하더니 폭력배와 연애에 빠졌다. 동거, 남자의 폭력 그리고 그 남자의 교도소 수감, 이런 일이 반복되는 파란만장한 생활이 계속되었다. 딸은 남자가 교도소에 수감되자 집으로 돌아와 위험한 생활에서 벗어나기 위해 노력하며 지냈다. 약물 의존증을 치료하기 위해 전문 병원에도 다니고 약물 남용의 자조 모임에도 다니면서 열심히 치료에 임했지만 어머니와의 관계는 별로 나아지지 않았다.

이를테면 이런 일이 있었다. 딸은 돈을 벌지 않고 있으므로 어머니에게 돈을 요구했다. 딸은 약물을 사는 데에 쓰려는 것이 아니라 자조 모임의 참가 활동 등에 필요한 비용이라고 했지만, 어머니는 돈을 주기를 망설였다. 돈을 주지 않자 딸은 자신이 하려는 일을 항상 못하게 하는 이유가 뭐냐면서 큰소리로 고함을 질렀다. 그리고 물건을 내던지고 구타하는 일까지 있었다.

분명히 고등학교 때부터, 아니 그전부터 어머니와 딸 사이에는 이런 소동이 반복되어 왔다. 어머니는 딸의 목소리가 무서웠다. 싸울 때가 아니라도 그런 거친 목소리로 무언가를 요구해 오면 어머니는 몸을 움츠리고는 했다. 요구를 들어주지 않는 바람에 한바탕 큰 소동이 일어난 후 어머니는 폭력에 눌려 딸의 요구에 굴복했다.

딸의 아버지, 즉 남편은 의지할 수 없는 존재였다. 일에 파묻혀 살아 집에는 거의 없었으며 있을 때에는 언제나 술에 취해 있어 그가 관여하게 되면 오히려 일은 더욱 심각해지기 일쑤였다. 어머니는 일찍부터 딸의 문제는 혼자서 대응해야 한다고 생각했다. 그렇게 생각하면서도 어머니는 딸 앞에서는 긴장하게 되고, 딸은 어머니의 긴장을 느끼고 더 난폭해졌다.

솔직히 말해 어머니는 '이런 딸은 차라리 없었더라면' 하고 생각한 적이 한두 번이 아니었다. 절박한 살의를 느낀 적조차 있었다. 심지어 '어떻게 죽일까? 시체는 어떻게 처리할까?' 라고 끝없이 생각하고 있을 때도 있었다.

어느 날 아침 어머니로서의 모든 자존심이 산산조각이 날만큼 심한 폭력을 당한 뒤 정원에서 빨래를 널고 있을 때 벚꽃나무 밑에 딸의 시체를 묻기에 적당한 공간이 있다는 것을 알았다. 그리고 무의식중에 '벚꽃나무 밑에……' 라고 중얼거리게 되었다. 한번 시작된 그녀의 혼자말은 멈추지 않았다. 그런 자신에게 전혀 오싹함을 느끼지 못하는 그야말로 오싹한 나날이 계속되었다. 실제로 딸이 "이 할망구가 무얼 중얼거리는 거야?"면서 그녀를 걷어찬 일도 있다.

딸이 아직 살아 있는 것은 어머니가 위험한 관계를 피해서 집을

나갔기 때문이다. 집을 나와 안정을 찾고 나서 그녀는 중대한 사
실을 깨닫게 되었다. 이것은 나중에 설명하기로 하고 여기서 지적
하고 싶은 것은 어머니와 딸은 '위태로운 관계'가 되기 쉽다는 점
이다.

어머니와 딸 사이의 갈등

대개 어머니와 아들에 비해서 어머니와 딸은 심리적 거리를 느끼기 어려운 사이이다. 어머니와 아들 사이는 어머니가 아들의 남성적인 면을 느끼고 주춤거리는 부분이 있다. 이성으로서의 아들을 느끼는 것이다. 물론 이 때문에 어떤 독특한 보살핌이 생겨나서 '마더 콤플렉스'라고 불리는 관계가 생기게 되었지만, 딸과의 관계에서는 이러한 긴장은 찾아보기 어렵다.

딸, 특히 외동딸이나 장녀의 경우 어머니는 딸을 마치 자신의 신체 연장으로 느낀다고 한다. 자신의 일부이기 때문에 자신과 같이 느끼고 있을 것으로 생각한다. 자신의 기쁨은 딸의 기쁨이며 자신의 슬픔은 딸의 슬픔이라 생각하기 때문에 남편에 대한 불만이 있으면 딸에게는 털어놓는다. 딸이 자신의 이야기를 듣고 어떻게 느낄까 하는 데에는 생각이 미치지 못한다. 그만큼 일체감에 빠져 있는 경향이 있다.

온순한 딸, 어머니의 고생을 자신의 고생으로 여기는 딸 또한 자신의 기분은 어머니에게 통하고 있을 것으로 생각한다. 이렇게 해서 딸의 인생은 어머니에게 빼앗기고 마는 것이다.

앞에서 예를 든 어머니와 딸의 관계보다는 서로 일체감을 느끼는 관계가 차라리 더 낫다고 보아야 한다. 이 예에서 어머니는 딸에게 도리어 위화감과 긴장감을 느끼고 있었다. 그 결과 딸은 어머니에게 자신의 인생을 빼앗기지는 않았지만, 그 대가로 대단히 외로움을 느끼게 되었고 약물에 의존하게 되었다. 약물 의존이 된다든지 폭력배의 아내가 된다는 것은 어머니가 가장 싫어했던 일이다. 딸만 아니라 자녀들은 이런 부류의 어머니의 약점을 간파하고 능숙하게 이를 공략한다. 자신이 주는 아픔에 의하지 않고는 자신의 존재를 알릴 수 없을 때 자녀들은 이 약점을 기를 쓰고 찾는다.

'벚꽃나무 밑에'라고 중얼거리는 어머니의 고통은 비참한 심정이다. 딸은 외로움에 고통받고 있었을 뿐만 아니라 자신도 모르는 사이에 죽었을지도 모른다. 그러나 어머니의 비참한 고통의 대가로 지금 딸의 인생은 어머니에게 빼앗기지 않았다.

어머니가 딸의 폭력에서 벗어나 별거하면서 오히려 여러 가지 좋은 현상이 생겨났다. 누나를 싫어하는 남동생이 집에서 뛰쳐나와 어머니와 함께 살게 되었다. 집에는 아버지와 차녀와 약물 의존증에 빠진 장녀만 남게 되었다. 어쩐 일인지 장녀는 여동생에게는 조심하며 심하게 대하지 않았다. 지금까지는 장녀를 상대하려고도 하지 않던 알코올 의존증 아버지가 어머니 역할을 하게 되어 장녀는 아버지에게 필요한 것을 요구했다. 의외로 이 관계는 장녀와 어머니의 관계보다 훨씬 좋았다.

더욱 좋았던 것은 어머니가 깊이 생각할 여유를 갖기 시작한 점이다. 그녀는 별거하기 전부터 나의 치료 모임에 참가하고 있었지만, 그때는 딸을 조용하게 만드는 문제로 항상 골머리를 앓고 있었다. 그리고 늘 딸이 돈을 요구하면 어떻게 하면 좋겠느냐는 질문만 집요하게 해왔고, 나는 이렇게 대답했다.

"주고 싶지 않으면 주지 마십세요.? 그래서 얻어맞는 게 싫다면 도망가면 되잖아요. 자신의 몸 하나 안전하게 지키지 못하면서 딸 걱정을 한다고 무슨 소용이 있겠습니까? 딸을 죽이기 전에 딸에게서 도망가 보세요."

딸과 떨어져 조용히 살게 되면서 딸의 목소리와 친정 어머니의 목소리와 비슷하다는 사실을 깨달았다. 딸은 아기 때부터 자주 우는 데다가 울음소리가 컸던 힘든 아이였다. 냉정하게 돌이켜 보니 자신을 성가시게 하고 지나친 요구를 해오던 장녀의 목소리는 바로 친정 어머니의 목소리였다. 딸인 그녀로서는 친정 어머니의 목소리와 행동, 난폭한 태도에 언제나 위화감과 한없는 두려움을 느끼고 있었다는 사실을 생각해 냈다.

친정 오빠와 여동생도 어머니와 닮아서 목소리가 크고 자기 주장이 강하며 막무가내의 성격이었다. 형제 중 가운데였던 그녀는 어머니의 질타와 명령이 무서워 말이 떨어지기 전부터 일을 찾아서 하는 착한 아이였다. 늪에서 가재를 잡는 것과 군것질은 절대로 해서는 안 된다는 금지 사항은 말씀하신 대로 잘 지켰다. 그러나 오빠와 동생은 자주 이를 어겼고 꾸중을 듣고도 태연했다. 심지어 그들이 음식을 게걸스럽게 먹거나 늪에서 흙투성이가 되어도 어머니는 그렇게 심하게 꾸짖지 않았다.

그녀는 자신이 금지 사항을 어겼을 때 벌어진 두 사건을 기억하고 있었다.

친구들과 가재를 잡고 싶었던 그녀는 금지 사항을 어겼는데, 어머니는 몹시 화를 내며 잡아 온 가재를 앞뜰에 내던져 버린 것이 첫 번째 사건이다. 여지껏 그때 느낀 것은 등줄기를 타고 내리는 공포감이었다. 두 번째는 친구들과 함께 곶감을 사먹었던 일이다. 잔돈이 부족한 것을 알아챈 어머니에게 자초지종을 추궁당했다. 그녀는 울먹이며 한마디도 하지 못했다. 어머니는 노발대발했고 곁에 있던 친척이 보다 못해 중재해 주었다. '훔친 건 아니잖아요'라고 말하고 싶었지만 아무 말 못하고 울먹이기만 했다.

나의 임상 경험으로 보면 목소리가 유사하다는 것은 대단히 중요하다. 다시 말하면 어떤 사람을 좋아하거나 싫어할 때 그 사람의 목소리가 자기가 좋아하는 혹은 싫어하는 어떤 사람의 목소리와 닮았다는 점이 결정적으로 영향을 미칠 수 있다는 것이다. 사람은 사람을 좋아하게 될 때 여러 가지 이유를 생각해 내지만 대부분 거짓말이다.

어머니가 딸에게 의식한 것은 '딸이 번거롭고 귀찮은 아이이고 요구가 많은 아이'라는 점이었다. 딸과 성격이 맞지 않는다고 느끼고는 있었지만 이를 무시하려고 했다. 생각한 대로 행동으로 옮길 수 있었다면 이 어머니는 진작에 딸을 버렸어야 했다. 무의식적으로 딸의 목소리에서 자신을 질책하던 어머니의 목소리를 느꼈고 딸과의 관계를 어머니와의 관계와 동일화시키고 있었기 때문에, 이 어머니는 사슬에 연결된 것처럼 딸의 곁을 떠나지 못하고 있었던 것이다.

딸의 마음을 바꾸게 하여 자신이 좋아하는 타입의 딸로 변화시키는 것은 이 어머니에게는 엄청난 일이었다. 이것이 달성될 때 그녀는 자신의 친정 어머니를 극복함은 물론 친정 어머니에 대한 가혹한 추억으로부터 해방될 수 있는 것이다.

🌸 조건부 사랑

딸은 왜 이처럼 귀찮은 요구만 해댄 것일까? 두 사람의 증오 관계를 보면 마치 어머니가 주는 돈이나 물건 하나하나가 딸의 가슴에는 원한으로 바뀌지 않았나 생각이 들 정도이다. 그렇지 않다면 하나의 요구 충족이 더욱 상승 작용을 일으켜 새로운 요구를 만들어 내는 악순환을 설명하기란 매우 어려운 일이다.

불가사의하다고 여겨질 수 있겠지만, 가만히 생각해 보면 졸라댄다거나 요구한다는 것은 원래 그런 성질의 것인지도 모른다. 졸라대는 사람이 진정으로 바라는 것은, 사실 상대가 단순히 요구 내용을 들어줄 뿐 아니라 자신의 내면에 있는 욕구와 정서를 통찰하여 그것을 이해하고 인정하는 것이다. 배고픈 아기가 보채고 우는 소리는 아기에게 남다른 관심을 갖고 있는 어머니의 귀에는 '엄마, 나 지금 몹시 허기지고 불편한 상태예요. 저를 좀 어떻게 해주세요' 하는 소리로 들리는 법이다. 그때 어머니는 아이의 정서를 이해하고 욕구를 충족시켜 줌으로써 아이의 존재를 인정하는 것이다. 이런 인정이 전제가 된 속에서 느껴지는 충족이야말로 쾌락을 안겨 주는 진정한 충족이다.

딸은 자신의 존재를 어머니에게 인정받기를 바란다. 그러나 이 어머니는 친정 어머니와의 사이에 있었던 긴장 관계의 경험을 딸과의 관계에 반영하고 있었기 때문에 딸로서는 정서적인 만족을 얻을 수가 없었다. 딸의 바람은 전달될 수가 없었기에 딸은 계속 졸라댔고 또 그렇게 하며 어머니를 원망했다.

이러한 '인정받고자 하는 욕망'이야말로 기본적인 욕망이다. 정신 분석 학자 자크 라캉은 이를 '어머니의 욕망'이라고 했다. 이는 어머니가 자신의 존재를 인정받으려는 욕망과 동일한 욕망이다. 이 기본적인 욕망이 만족되어 있는 사람은 그후의 삶이 편하다. 졸라대기가 원망으로 바뀌는 경우는 거의 없다. 한편 이러한 원망을 자주 느끼는 사람의 삶은 고단하다. 원망이 쌓이면 결국은 폭발한다. '애정 결핍의 분노'라고 불리는 파괴적인 분노이다. 이 파괴는 인정을 기대했던 상대에게 행해지고, 상대는 심신에 상처를 받는다. '사춘기 가정 내 폭력'이라고 불리는 현상의 밑바탕에는 바로 이것이다.

자신의 존재를 인정받기 위해 아이들은 부모의 기대가 무엇인가를 찾는다. 부모의 기대를 찾아낸 아이들은 이를 충족하기 위해 남다른 노력을 한다. 노력했음에도 자신의 존재가 인정받지 못하고 있다고 느낄 때 아이들은 사춘기의 '졸라대기'를 다시 하게 된다.

이러한 급격한 변화를 쉽게 볼 수 있는 것이 섭식 장해자(과식·거식 장해자)의 경우이다. 그들의 대다수는 어릴 때부터 사춘기까지는 착한 아이로 성장하나 그후에는 끝없이 졸라대는 시기에 돌입하게 되고 애정 결핍에 대한 분노를 자주 폭발시킨다.

한편 부모에게 받아들여지기 위한 자녀의 이 같은 노력에 편승하여 '조건부 사랑'을 미끼로 자녀를 통해 자신의 욕망을 대리 만족하고자 자녀의 인생에 관여하는 부모가 있다. 이 경우, 언뜻 보기에는 부모 자식 간의 관계가 평온해 보이지만 자녀들의 마음속에는 부모에게 인정 받고자 하는 갈망이 불타고 있다. 부모를 대상으로 인정의 욕망을 방출하기를 단념하고 대신 배우자를 그 대상으로 삼는 경우도 있다.

✺ 바이올린 인형으로 성장한 딸

F는 대학 2학년까지 가혹하리만큼 음악 훈련을 받았으나 갑자기 이를 포기한 여성이다. 그녀는 사물을 분별하기 시작하는 서너 살 때부터 바이올린을 켜기 시작했다. 레슨에서 레슨으로 옮겨 다녔고 집에서는 복습의 연속이었다. 그리고 F의 어머니는 언제나 그림자처럼 따라다녔다. F의 어머니는 악보를 점검하면서 몇 번이고 연습을 시켰고, 레슨 선생님의 말씀을 메모해 두었다가 반복 학습을 시켰다.

그렇다고 그녀가 어릴 적에 음악가가 되고 싶었다거나 음악을 좋아했는가 하면 그런 것도 아니었다. 그 사실을 F 자신이 깨닫게 된 것은 고등학생 무렵이다. 훈련을 쌓아 가면서 F의 재능은 순조롭게 발전했고 점점 고도의 훈련을 접하게 되자, 어머니의 음악 소양으로는 더 이상 F를 지도하는데 한계가 있었다. 그때부터 급속히 딸의 훈련에 관심을 기울이지 않게 되었고 동시에 음악에 대한 관심을 잃었다. 게다가 우울증에 빠져 버렸다.

F의 어머니는 원래부터 타인과의 인간관계가 서툰 사람으로 남편 앞에서는 언제나 몸이 약해 병치레할 것 같은 모습을 연기하고

있었다. F의 아버지는 아내의 눈치만 보느라 F의 오빠나 F에게는 관심을 기울이지 않았다. 어머니는 주위 사람들과의 교제에 서툴러서 변변한 친구 하나 없는 여인이었다.

F가 어렸을 때는 지방 도시에서 살고 있었는데, 어머니는 그 곳 사람들과 전혀 사귀지 않고 몸이 좋지 않다는 핑계로 늘 집에만 틀어박혀 있었다. 그런데 F의 레슨을 따라서 상경하게 되면서 정성들여 화장을 하고 옷을 갖춰 입고 딸의 치장에 세심하게 신경을 쓰게 되었으며 생기 있는 표정으로 외출했다. 하지만 이럴 때 이외에는 집 밖에 나오지 않았으며, 그것만이 그녀의 유일한 활동이었다. 요컨대 F는 어머니의 외출용 액세서리에 불과했으며 이 점에서 귀여운 얼굴의 F는 기대를 만족시켜 주고 있었던 것이다.

또한 F는 어린 시절부터 바이올린 연습을 하고 보통 아이들은 다니지 않는 사립 학교에 다니면서 상류층 사모님의 인형 역할을 소화해 냈다.

바이올린 인형인 F는 어머니가 음악에 대한 관심을 잃자 어떻게 해야 할지 모르게 되었고, 어머니를 대신하여 자신의 성장을 지켜보아 줄 대상이 필요하여 레슨 선생에게 매달렸지만 그렇게 되지는 못했다. 음악 대학의 선배를 그 대상으로 삼았지만 이 역시 뜻대로 되지 않았다. 이때 F는 갑자기 바이올린을 포기해 버렸고 음악 대학을 중퇴하고 10년 이상 바이올린을 만져 보지도 않았다. 어머니는 이미 F의 갑작스런 훈련 포기와 대학 중퇴에 별다른 관심을 보이지 않고 자신의 우울증 치료에 몰두했다.

대학을 그만둔 F는 바로 결혼했다. 상대는 컴퓨터 기사였다. 아내가 되고 나서 F는 '어머니에게 불평을 하지 않는 어른스러운 딸' 일 때와는 전혀 다른 모습으로 남편에게 응석을 부리기 시작했다. F의 불만은 남편이 일만 중시하고 가정은 돌보지 않는다는 것이었다. 일본의 남편이라면 누구나 한 번쯤은 들었을 법한 진부한 불평이었지만, 이 부부의 경우에는 이것으로도 충분한 효과가 있었다. 남편은 자신의 재능에 자부심을 갖고 일에 몰두하는 경향이 있기는 했지만 상식선을 벗어날 정도는 아니었다. 그러나 그는 아내의 푸념을 듣고 어쩔 줄 몰라 하며 죄책감에 사로잡혀 변명을 해댔다.

이렇게 쩔쩔매는 태도는 F에게 신선한 자극을 주었다. 그녀는 인생에서 처음으로 자신의 요구와 비난을 맘껏 쏟아 낼 수 있었고, 그럴 때마다 땀을 흘리면서 변명을 하는 먹이를 발견한 것이다. F는 그때까지 어머니에게 하고 싶어도 하지 못했던 여러 가지 어리광을 남편에게 시작한다. 이를테면 '나는 쓸쓸해요' '나만 바라봐 주세요' '그렇게 해주지 않으면 못 살 것 같아!' '만약 내가 행복지 못하다면, 그건 당신 때문이에요' 식으로 말하는 것이었다.

F는 갖가지 형태로 자신의 마음을 남편에게 전하여 남편을 정신 없게 만들었다. 아이가 태어나고 나서는 아이에게까지 질투심을 느껴 남편의 관심을 더욱 끌려고 애썼다. 그것이 충족되지 않으면 애정 결핍의 분노에 빠져 아기를 창 밖으로 내던지는 시늉을 할 지경이었다.

F는 우울증으로 여러 병원을 전전하며 카운슬링을 받았다. 그녀의 우울증은 앞에서 이야기한 분노에 의한 것이므로 그 점에 초점을 맞추지 못한 카운슬링은 효과가 없었다. 물론 약도 효과가 없

었다.

'벚꽃나무 밑에'라고 중얼거리던 어머니의 경우와 같이, 여기에서도 F를 구제한 것은 아이들이었다. 신생아일 때 F의 질투의 대상이던 장남은 활발하고 사교적이며 학교에도 잘 다녔다. 워낙 활동적이고 사교성이 뛰어나서 집에 붙어 있는 시간이 없을 정도여서 F와의 사이는 어딘가 서먹서먹했다.

장남과 달리 차남은 어머니의 경쟁심을 자극하지 않는 아이였다. 그는 유아일 때부터 어머니의 분신이었다. F는 그녀의 어머니와 달라서 바이올린 인형을 원하지 않았는데도 그 분신은 F와 마찬가지로 '고민하는 사람'이 되었다.

이미 유치원 때부터 등교 거부를 하여 초등학교마저 중도에 그만두었다. F는 차남을 데리고 아동 상담소나 등교 거부 자녀를 둔 부모들의 모임을 찾아다녔지만, 정작 자신의 어머니가 자신을 데리고 바이올린 선생에게로 부지런히 쫓아다니던 것과 비슷하다는 사실은 깨닫지 못하고 있었다.

그렇게 하고 있을 때 중학생이 된 장남이 F에게 반항하기 시작했고 이런 말을 했다. "나는 쓸쓸해요. 어머니는 나한테는 관심도 없고 돌보아 주지도 않았잖아요."

말할 나위 없이 F가 예전에 남편에게 어리광을 부리며 늘어놓던 내용이었으며 친정 어머니에게 진작부터 하고 싶었던 말이다. 이를 깨달은 F는 깜짝 놀라서 단번에 취기가 깬 것 같은 기분이었다.

F는 등교 거부 아동의 부모 모임에서 빠져나와 아동을 학대하는 어머니 그룹에 참가하게 되었다. 이 그룹에서는 자녀를 학대하는

것을 고민하는 어머니들이 어린 시절에 어머니에게 사랑받지 못했던 사실이나 학대받으며 자랐던 사실을 이야기하며 울었다. F는 여기까지 와서야 겨우 자신이 안고 있던 어머니에 대한 원한과 애착을 깨달았다.

아버지와 남편의 사랑을 둘러싼 투쟁

모녀 관계에 아버지가 개입되는 경우가 있다. 아버지의 사랑과 관심을 둘러싸고 어머니와 딸이 경합을 벌이는 경우이다. 이때 아버지의 사랑을 놓고 어머니에게 이겼다고 생각하는 딸과 반대로 어머니에게 졌다고 생각해 어머니에게 붙어 있는 딸이 있다. 어머니에게 도전하고 싸워 이긴 경험이 있는 딸의 대다수는 자신의 내면에 여성스럽게 되고자 하는 감각을 가지고 있다.

G의 아버지는 중년의 유력한 사업가이며 아내에게 폭력을 휘두르는 사람이다. 오빠는 이런 아버지와 대립하여 오래 전에 가출했다. 어머니는 아버지와의 관계에서 절망감을 느끼고 일찍부터 우울증에 빠져 있었다. G가 어머니의 이러한 우울증에 영향을 받지 않은 것은 어머니의 가치관과 취미를 강요받지 않았기 때문일 것이다. 그녀의 어머니는 우울해 하는 불행한 어머니였다. G의 아버지가 사업에 실패하자, 결국 부부 관계는 파경에 이르러 두 사람은 별거하게 되었다.

그때 G는 공부 때문에 집을 떠나 있었지만 어렵게 공부하는 가운데 사업에 실패하고 어머니와 별거중인 아버지를 받아들여 함께 살게 되었다. 아버지와 딸의 동거는 G의 약간은 충동적인 결혼에 의해 끝이 나고, 아버지는 다시 어머니에게 돌아갔다. 이러한 과정을 통해서 G는 아버지는 너무 안쓰럽게 여기는 한편 자립 능력이 없는 어머니는 경멸했다.

이러한 체험은 G를 매사에 도전적인 인간으로 행동하게 만들었고 자신의 의지와 감각에 대한 확신을 발전시켜 나갔지만, 한편으로는 그러한 '남성적 태도'를 중압감으로 느끼기도 했다.

그녀가 충동적으로 결혼한 상대는 아이러니컬하게도 소위 남자답지 않은 남자였다. 생활력도 없어서 그녀가 벌어서 딸을 포함한 세 사람 생계를 유지해 나갔다. 결국 남편은 알코올 의존증 환자가 되어 G와 딸에게 폭력을 휘두르게 되었고, 결혼 10년 만에 파경을 맞이 했다.

이혼하고 3년 뒤에 아버지가, 7년 뒤에 어머니가 세상을 떠났다. 어머니의 죽음을 전후하여 G는 어머니와의 관계를 재고해야 한다는 긴급 과제를 안게 되었다. 이것은 그녀 주변 사람들과 직접적으로 연관되는 중대한 문제였다. 예를 들어 그녀는 여자 친구들 중에서 어머니와 유사한 유형의 여성을 보면 참을 수 없게 되었던 것이다. 그러한 친구들은 여성적인 보살핌을 G에게 베풀어 도우려 했지만 G에게는 짜증스럽고 성가실 뿐이었다.

그뿐만 아니라 G의 남성적인 성격은 주위의 남성들을 불편하게 만들었으며, 그 결과 이성과의 관계는 순탄하지 못했다. 그녀 자신도 무능하며 허세를 부리는 남성은 용서하지 못했다.

최근 어머니를 잃고 나서야 G는 너무나 어머니를 거부한 나머지 잃어버린 것이 많음을 깨닫게 되었다. 그녀의 머릿속에서 여성스럽다는 것은 언제나 애처롭고 우스꽝스러운 것이었다. 그것은 험한 산길을 하이힐을 신고서 위태롭게 걷고 있는 어머니의 뒷모습을 바라보는 것과 같았다.

이제 G는 '돌아가신 어머니가 품었던 아버지에 대한 절망이나 원한'을 더욱 깊이 이해하고 공감할 필요를 느끼게 되었다. 이처럼 전면적으로 부정해 왔던 어머니의 존재가 그녀의 내면에 긍정적으로 재평가 되는 것이 가능할까?

G가 어떤 형태의 재평가를 내릴지는 예상할 수 없지만, 그것이 실현될 때 그녀의 인간관계는 더욱 폭넓어질 것이다.

어머니와 딸의 관계는 동성 간의 밀착된 관계가 되기 쉽기 때문에 더욱 위험한 것이다. 딸은 성장하면서 갖가지 궁리를 하여 차츰 이러한 밀착 관계에서 벗어나 자신의 세계를 만들어 간다. 그 과정에서 자신이 사랑하는 어머니, 자신을 사랑해 준 어머니는 때때로 '계모'로 바뀌고 만다.

예전에 딸이 사랑했던 어머니는 이미 죽어 버렸다. 진짜 어머니를 바꿔치기 한 계모는 딸을 억압하고 구속하며, 자신의 가치관을 강요하고 때로는 질투하여 죽이려고 든다. 그러한 박해를 피하여 도망친 딸은 계모를 철저하게 증오하고 심지어는 복수를 위해 죽인다. 이런 '정서적 어머니 살인'이 전개되는 가운데 딸은 자신의 여성으로서의 성을 발달시켜 나간다.

이런 발달 과정은 딸이 자기 앞에 나타날 백마 탄 왕자를 그리는 형상으로 나타난다고 볼 수 있다. '백마 탄 왕자'란 사실은 죽어 버린 자신의 진짜 어머니, 자신을 사랑하고 자신이 사랑한 어머니의 변형인 것이다. 진짜 어머니가 백마 탄 왕자라는 환상으로 변화하는 가운데 여성의 성이 발달하게 된다. 따라서 백마 탄 왕자는 집안에 있어서는 안 된다. 그것은 어린 시절의 어머니 그 자체로 정체되어 있어서는 안 되며 또 아버지가 이를 대신해서도 곤란하다.

아버지가 왕자가 되어 버리는 경우는 불행하게도 아버지가 허약하여 딸이 동정을 품고 관심을 가졌던 경우다. 병원에 자주 왕래하는 아버지, 이상가이며 사회적 능력이 없는 아버지, 어머니로부터 압박과 구박을 받고 있는 아버지, 이러한 아버지가 딸의 관심을 끌 때 딸은 밖에 있는 왕자를 놓치게 된다. 딸이 잔혹한 어머니를 증오하고 아버지에게 애착을 느낄 때 딸의 이성 관계는 비뚤어지는 법이다.

건강한 아버지는 더 이상 기댈 것이 없고 옆에 있으면 오히려 귀찮아지며 답답한 늙은이로 치부되고 성장한 딸에게 버림받게 되는 아버지이다. 이것이 아버지의 궁극적 임무라고 할 수 있다. 어머니는 나이가 찬 딸에게 심술궂은 계모처럼 버림받아 심정적으로 죽임을 당하는 편이 훨씬 바람직하다. 이렇게 함으로써 딸은 정신적으로든 육체적으로든 가족을 벗어나 자신의 세계를 가지고 자신에게 가장 중요한 사람을 찾을 수 있는 에너지를 만드는 것이다.

6 자녀를 사랑할 수 없는
부모

비극의 탄생

  내가 '아동 학대 방지 센터'의 설립을 제의한 것은 1990년 봄이
었다. 나는 그때 이처럼 큰일을 하겠다고는 생각지도 않았다. 물론
남편의 학대를 피해 도망쳐 나온 아내들을 돌보고 있었기 때문에
가정 내에서 폭력이 얼마만큼 자행되고 있는가에 대해서는 잘 알
고 있었다.

  나는 남편이 아내를 때리고 어른이 아이들을 학대하는 가족 내
에서 일어나는 폭력 현상에 항상 관심을 가지고 있었으며, 이런 문
제에 대해 체계적인 대책을 수립해야겠다고 생각은 하고 있었지만
언제나 생각으로 끝나고 말았다.

  제3장에서 이야기한 바 있는 '여성 보호소' 발족의 경우처럼 이
러한 일은 조그마한 인연으로 출발했다. 이번 경우는 1989년 말
도쿄에서 일어난 여섯 살 난 아이의 배회 사건이 계기가 되었다.
밤중에 피를 흘리며 배회하고 있는 아이를 경찰관이 여러 번 보호
한 적이 있었고 이에 관여했던 보호모 역시 이 아이의 보호에 따른
여러 가지 어려움을 겪고 있었다.

  결국 이 사건은 나에게 맡겨졌다. 먼저 이 문제에 대한 정례 모

임을 갖기로 했다. 여기에 참가한 보호모, 임상 연구가, 소아과 의사 등으로부터 아동 학대에 관한 많은 사례와 의견을 들었다. 대부분은 피학대 아동을 보호하지 못하는 현실에 관한 것이었으며 그 중에는 아이의 죽음까지 초래한 비극마저 있었다.

이러한 사건은 원칙적으로 행정 기관 내에 있는 아동 상담소에서 취급하고 있지만, 아동 상담소는 부모와 자식의 관계를 조정하고 개선을 도모한다는 데 목적을 두고 있어서 부모의 요청이 없는 한 어린이를 보호할 수 없다고 한다. 그런데 이 규정은 많은 비극을 초래한다.

우리는 '아동의 인권'에 관심이 있는 변호사회와 접촉하게 되었다. 이미 '아동 인권 직통전화' 업무를 시작하고 있던 변호사들의 권유로 '아동 학대 상담 직통전화'를 개설하게 되었다. 이것을 모체로 1991년 5월 20일 아동 학대 방지 센터(CCAP)를 발족시켰다.

이 과정에 대해서는 다른 저서 『자녀를 사랑하는 방법을 모르는 부모들』(1992년)에서 설명했으니 여기서는 자세히 거론하지 않겠지만, 직통전화에 걸려 온 전화는 개설 후 4년에 걸쳐 1만 건에 달했다. 그중 약 10%는 아동의 생명과 직결되는 긴급사태였다. 그리고 약 70%는 아동의 어머니가 걸어 온 것이었다. 이것은 아동 학대의 가해자가 어머니라는 점을 의미하는 것이 아니라 센터의 존재를 알고 이를 이용해야겠다고 생각하는 층이 바로 어머니들이라는 것이다. 실제로 아동의 생명과 관련되는 폭력은 아버지 편에서 자행되고 있는 경우가 많다. 그러나 사회는 어머니에 의한 아동 폭력에만 주목하고 반응한다.

성스러운 어머니의 이미지

남성 우위의 사회는 여성에 대하여 '성스러운 어머니'와 '음탕한 작부'라는 이분법으로 행동을 규제해 왔다. 어머니에 대한 남자들의 뜨거운 애정이 여성이 자녀를 양육하는 일을 성스럽게 여기고, '어머니'라는 말을 듣기만 해도 무한한 자애와 무조건적인 헌신을 기대해 왔다. 그래서 어머니가 아동 학대를 하면 사람들의 이러한 사회적 기대를 배반하는 것으로 보아, 아버지의 아동 학대보다 더 주목한다. 사회는 자녀를 학대하는 어머니를 철저하게 규탄함으로써 성스러운 어머니의 이미지를 유지하고자 하는 것이다.

여성 또한 어머니는 아이를 사랑해야 한다는 사회의 기대에 구속되어, 아이와 성격이 맞지 않는 어머니는 자신을 어머니 자격이 없는 것으로 여기며 자책하기 쉽다.

여성은 오랫동안 성스러운 어머니의 이미지에 부응하여 집안일을 돌보며 가족을 보살피는 즐거움에 만족하며 살아왔으나, 최근의 출생률 저하는 오늘날의 여성이 성스러운 어머니의 역할에 점차 염증을 느껴 어머니의 역할을 포기하기 시작했음을 의미한다.

어머니로서의 자격 상실

앞서 말한 직통전화의 주요 이용자는 아이에게 짜증이나 분노를 느끼며 이 때문에 쩔쩔매는 젊은 어머니들이다.

남편의 전근 때문에 이사하게 된 어느 부인은 지금까지의 인간관계가 끊기고 고립된 상황 속에서 주로 세 살 된 아들하고 생활하게 되었는데, 아이가 하는 짓에 화가 나서 결국 머리를 잡아채거나 때리게 되었다. 큰소리로 우는 아이를 점점 심하게 다루게 되어 이러한 행동에 자신마저 두렵다고 전화해 온 것이다.

또 다른 어머니는 피아노 치는 솜씨가 늘지 않는 네 살 난 큰딸을 때리고 짓밟아 버리고 말았다. '어떻게 하면 보다 냉정하게 가르칠 수 있게 될까요?' 라는 전화를 해왔다. 그리고 두 살 아이와 갓난아이가 있는 어머니는 도저히 아이들을 사랑할 수 없다고 호소해 왔다. 그녀의 어머니는 이혼하고 두 살 된 그녀를 남겨 두고 떠나가 어머니로부터 사랑을 받아 본 기억이 없었다. 자신이 지금 아이들에게 쏟고 있는 것과 같은 정성을 자신은 받지 못하고 자랐다고 호소하는 반면, 아이들을 좀 더 귀여워해 주지 못하는 자신을 자책하고 있었다.

미국의 심리 치료자인 제인 스위가드는 『나쁜 어머니의 신화』라는 책에서, 지금까지 차마 거론되지 못했던 어머니 역할의 어두운 측면, 즉 어머니들의 분노와 고뇌에 초점을 맞추고 있다. 이 책에는 아래와 같은 내용이 씌어 있다.

· 유아가 있는 어머니들의 느낌은 유아기로 돌아가서 어머니 품에 안기고 싶다는 욕구이며 이것이 거론된 적은 거의 없었다.
· 자신의 모든 것을 바쳐 아이의 욕망을 채워 준 데 비해 아무 보답도 없는 어머니 역할의 어려움.
· 유아를 길러 자율적으로 행동하게 될 때에 느끼게 되는 외로움과 배반감과 분노, 그로 인한 외로움에 견디지 못한 새로운 강박적 임신. 자신이 받을 수 없었던 사랑과 포옹의 감각을 유아를 보살핌으로써 보상받고자 하는 어머니는 아이의 성장이 눈에 띄게 되면 서둘러 임신을 한다.
· 사춘기의 아이로부터 손을 떼는 일의 어려움.
· 사회에서 자기 일을 가지고 목표를 추구하는 어머니들이 아이의 성장기에 느끼는 초조함과 아이에 대한 죄책감.
· 성장한 아이들의 증오의 대상이 되는 것이 어머니라는 사실.
· 아이 키우기를 여성의 본능으로 간주하여 어머니의 역할에는 관심을 두지 않으면서 돈의 지출에 인색한 남편 혹은 사회에 대한 비판.

자녀 양육에 대해서는 거기에서 맛보는 기쁨과 충족감만 강조되는 경우가 많다. 자녀의 뒷바라지 때문에 괴롭거나 화가 난다고 드러내 놓고 말하는 어머니는 '나쁜 어머니'로 단죄받고 본인도 자책감을 갖기 쉽다. 그러나 우리는 어머니 역할과 이에 수반되는 명암, 그 각각의 현실을 새롭게 직시하지 않으면 안 되는 시기에 이르러 있다.

유아와 아동의 정신 발달은 1970년대 초반 미국의 아동정신과 의사 마가렛 말러에 의해 '분리 개체화설'로서 설명되었는데, 이에 따르면 생후 14~24개월은 모자 관계에 있어서 위기가 찾아오는 시기라고 한다. 말러는 이 시기를 라프로시망기(Rapprochement)라고 불렀다. 라프로시망기란 국제 외교에 사용되는 프랑스어에서 유래한 말로 '화해' '친교 회복' 등으로 해석된다. 아이의 독립성이 발전함에 따라 어머니와 아이가 두 개의 독립국처럼 대치하고 나아가 양자간의 친교 회복의 노력이 있다는 의미에서 라프로시망기라고 부르는 것이다.

이 시기에는 조금씩 걷기 시작하는 아이의 마음속에 어머니 품에서 벗어나 자립하고 싶다는 의식이 싹트기 시작하기 때문에 어머니를 무시하고 자신만만하게 제멋대로 행동하게 된다. 그와 동시에 자립하는 데 수반되는 불안을 체험하기 때문에 어머니라는 특정 인물에 밀착하는 성향이 더 강해진다.

이리하여 어머니는 이 시기의 자녀에게 놀림 당하는 것이다. 이러한 행동은 생후 20개월 정도에 특히 심해 아이는 어머니를 자기 생각대로 움직이는 노예처럼 조정하려 한다. 이것이 만족되지 않으면 짜증을 내거나 걸핏하면 울음을 터트린다. 이 시기는 항문 주위 근육의 운동 능력이 발달하여 배설을 스스로 조정할 수 있게 되는 시기(기저귀를 떼는 시기)이며, 이를 둘러싸고 모자 간에는 여러 가지 흥정이 이루어진다.

어머니가, 사회가 기대하는 행동으로 칭찬을 받는가 싶으면, 일부러 기대를 배반하고 대변을 그냥 배설하거나 적당히 흘리면서 야단맞는 일이 반복되고 이를 통해 모자 관계의 일정한 패턴이 성립된다. 아이는 이러한 행동을 통해 좀 더 명확하게 어머니와 적정한 거리를 유지하는 것이다.

이러한 시기에 어머니와 아이는 불가피하게 험악한 관계로 접어들지만, 보통은 두 사람 모두 이러한 위험을 극복하려는 시도를 거듭하여 생후 3년 정도가 되면 아이에게는 자신만의 어머니와의 거리 감각이 생긴다. 이것이 바로 아이의 개성이다.

그러나 어머니가 이 시기에 대처하는 방법이 미숙하다든지 문제를 안고 있어서 아이의 정서적 필요성에 부응하지 못하는 경우, 아이는 독립에 대한 불안을 현저하게 드러내고 장래의 정서 발달에 영향을 미친다.

미국의 한 사회학자는 이 시기의 어머니의 내면을 정확하게 기술한 자료가 지극히 부족하다는 점을 지적하고 있다. 그 이유는 이 시기에 자신들이 어머니로서 느끼는 감정을 솔직하게 진술하기를 꺼리기 때문이다.

이 시기의 어머니는 상실감, 갈망, 싫은 기분 ─ 아이가 라이벌이 된 느낌, 아이에게 이용당하고 있는 느낌, 아이에 의해 자신이 소진당한 느낌 — 낙담, 증오와 같은 갖가지 감정을 체험한다. 그러나 이러한 부정적인 감정은 즉시 부정되거나 은폐되어 버린다. 수유기의 어머니가 느끼는 만족감과 자신감은 상실되고 자율을 주장하는 아이의 행동에 상처받기 쉽게 된다. 이런 시기에 어머니가 자녀에게 체벌을 가하는 일이 잦아지는 것은 이 때문이다.

자기 희생인가, 자기 학대인가

스위가드의 『나쁜 어머니의 신화』에서 가장 흥미로운 내용은 아버지가 중심이 되어 양육자로서의 역할을 할 경우, 자녀는 빠른 심신 발달을 보이고 사교성과 스트레스를 이겨 내는 능력이 커진다는 주장이다. 임신과 수유기에는 어머니가 수월하게 아이를 다룬다는 점은 거론할 필요도 없지만, 기존에 생각되던 만큼 아버지의 능력이 어머니의 그것과 그다지 다르지 않다는 사실이 점차 명료하게 드러나고 있다.

아이가 울고 웃는 것에 대한 아버지의 반응이 어머니의 경우와 크게 구별되지 않는다는 점을 관찰한 학자가 있다. 네 살 이전에 아버지가 없는 가정에서 자란 아이는 욕구 불만을 이겨 내는 능력이 부족하며, 사춘기 이후의 사회 적응에도 문제가 생기기 쉽다는 지적이 있다. 아버지의 부재 가운데 성장한 아이들은 그렇지 않았던 아이들에 비해서 IQ가 6 이상 낮았다는 보고조차 있다.

특히 재미있는 것은 여러 가지 사정상 어머니 역할을 담당할 수밖에 없었던 아버지들의 진술을 살펴보면, 어머니의 이야기를 듣는 것 이상 어머니 역할의 본질이 명확 명료해진다.

스위가드는 세 살 난 남자 아이를 공원에서 놀리고 있는 존이라는 남자를 인터뷰했다. 그는 항공 관계 회사의 중간 관리직에 8년 간 근무했으나 인원 감축의 대상이 되어 회사를 그만두었다. 그를 대신해 아내가 상근직 초등학교 교사로 복직했다. 인터뷰할 때 같이 있던 사내아이 이외에 위로 일곱 살과 다섯 살 난 아이가 있다. 다음은 존의 말이다.

나는 집에서 아이를 보살피는 이 세상의 어머니들에게 경의를 표합니다. 세상에서 가장 힘든 일을 해내고 있기 때문이죠. 아이들은 아무것도 되돌려 주지 않잖아요? 그것이 해답입니다. 하루 종일 주고 또 주기만 해야 하거든요. 그리고 그들은 빼앗고 또 빼앗기만 합니다. 아이는 1분, 1초도 쉬지 않고 요구해 오지요. 생각하는 것도, 말하는 것도, 일도, 인생도, 모두 방해만 받는 거죠. 그래서 '이것이 도대체 무슨 일일까?' 하고 자문을 합니다. 지금은 아내가 일을 하고 있는데 점점 아이들에게 무관심해지더군요. 집에 돌아오면 아이들에게 잔소리만 늘어놓는 거죠. 나도 예전에는 그 때문에 자주 아내에게 싫은 소리를 들었죠. 지금은 오히려 내가 아내에게 머리를 좀 식히라고 말합니다. 아이를 사랑한다는 것이 입으로만 되는 것은 아니에요. 매일 보살펴 주어야죠. 아이들에게 입으로 해줄 수 있는 것이란 아무것도 없더군요. 자기 희생을 하든가, 학대를 하든가 어느 한쪽입니다. 그래도 이것이 지금까지 내가 해온 일 중에 최고의 일이라는 생각이 들거든요. 지금은 아이들 일에 대해 잘 알고 있죠. 알지 못하면 사랑할 수 없는 법입니다. 하루에도 열 번씩 '저 녀석들이 없으면' 할 때가 있지만 그래도 사랑합니다. 아이들도 나를 사랑하고 있고요. 내가 돈만 가지고 돌아와서 아이들에게 조용히 하라고 명령하는 타입이 아니기 때문이죠. 나는 피와 살을 나눈 그들의 아버지입니다. 때문에 내가 얼마나 많이 때렸건, 화를 냈건 간에 아이들은 나를 따릅니다.

여성은 여성으로 태어난 것만으로 '모성 본능을 갖고 있어 자기 아이를 갖고 싶다거나 아이를 위해 자신의 모든 것을 바친다는 일반적 신앙이 있다. 이러한 신앙이 공유되고 있는 사회에서 모성애를 실감하지 못하는 여성은 마치 자신에게 귀중한 것이 결핍되어 있는 것처럼 느끼고 이를 은폐하려고 하거나 자기 혐오에 빠지게 된다. 하물며 어린 자녀를 보살피느라고 정신없는 어머니가 '도저히 이 아이를 사랑할 수가 없다' 라는 말을 한다면, 이 어머니가 느끼는 죄의식과 초조감과 당혹감을 짐작할 수 있을 것이다. '아동 학대 상담 직통전화' 를 이용하는 어머니들의 대다수는 이러한 사람들이다.

실제로 모든 어머니가 언제나 자녀가 귀엽고 사랑스럽다고 여기는 것도, 육아에 자신의 온 몸을 바친다고 느끼는 것도 아니다. 육아에 몰두한 나머지 자신의 감정과 욕구를 잊어버리는 어머니가 있다면 이는 사람이 아니라 인간 로봇이다. 인간은 로봇이 아니다. 인간은 로봇과 같이 기능적이지 않고 다소의 잘못을 범할 수도 있으나, 로봇에게 육아를 맡길 수는 없는 노릇이다.

말할 필요 없이 자기 자신에 대해 긍정적인 감정을 가진 여성일수록 아이를 귀여워한다. 건강한 자기 긍정의 감정을 가진 어머니는 자신도 행복하고 아이로서도 감사한 일이지만, 그러한 사람일수록 본래의 자신에 대한 애착이 강하기에 때로는 아이를 귀찮은 존재로 여길 때가 있게 마련이다.

그런 반면 자기 부정적인 사람이 어머니가 되면 자녀는 미움과 원망의 대상이 되는 경우가 있다. 보통의 어머니는 극단적으로 자기 부정적이지도 자기 긍정적이지도 않으므로 자녀가 때로는 한없이 귀엽게 느껴지기도, 때로는 한없이 밉게 느껴지기도 하는 것이다.

자녀가 귀찮고 밉게 여겨지는 것은 누구에게나 있을 수 있는 감정이다. 아이가 오로지 귀찮은 존재로만 여겨지거나 분노와 원한의 감정을 투사하는 대상이 되어 버린다면 확실히 문제가 되겠지만, 보통의 부모는 자신의 역할을 분명하게 인식하고 있기 때문에 육아라는 자신의 일을 소홀히 하지는 않는다. 밉상스럽다고 느끼다가도 너무 사랑스럽다고 느꼈던 일을 기억해 내는 것이 보통의 어머니이므로 육아는 계속되는 것이다.

거듭 강조하고 싶다. 자녀를 키우는 데 있어서 어머니는 아이에게 부정적인 감정 곧 분노, 미움, 혐오감을 가질 수가 있다. 그리고 그것은 당연한 감정이다.

모성 본능이라는 신화

그럼에도 불구하고 어머니가 자녀에게 품은 부정적인 감정에 대해서는 거론된 적이 없다. 가정 내에서 권력을 쥐고 있고 가족 이데올로기를 만들어 냈으며 사회의 권력 구조를 지지하고 있는 자, 즉 성인 남성들이 이러한 감정 자체를 거론하는 것조차 금했기 때문이다.

사회를 오랫동안 지탱해 왔으며 그 기반이 되는 관습은 자연스럽게 문화에 침투하여 구성원들의 내면 깊숙이 자리잡는다. '어머니된 자는 자녀를 사랑해야 한다'는 규정은 이 사회가 가정을 유지하기 위해 부과한 일종의 습관으로서 여성의 내면 세계를 지배하고 있다. 이러한 관습의 지배를 받는 여성은 '해야 한다'를 '한다'로 바꾸어 '어머니된 자는 자녀를 사랑한다'로 생각하게 되고, 이것이 여자의 본능이 되어 버린다.

결국 여성 자신이 이 본능을 자랑스럽게 여기게 될 때 이 금지 규정은 완전한 성공을 거두게 되는 것이다. 이러한 본능이 지배하는 사회에서 '어머니가 된다는 것은 흥미 없다, 무가치하다, 싫다'라든가 '아이가 귀찮아 죽겠다, 밉상스럽다, 거북스럽다'라고 자신의 감정을 솔직하게 표현하는 데에는 상당한 용기를 필요로 한다. 사회는 아이를 낳지 않는 혹은 낳지 못하는 여성들을 안되었다는 듯이 바라보거나 결혼을 하지 않고 혼자 사는 여성을 곱지 않은 시선으로 보아 왔을 뿐만 아니라 육아 과정에서 여성이 느끼는 죄책감 또한 당연한 것이라고 생각했다. 여성이 아이를 낳지 않는 이유나 '어머니 역할이라는 고행에 대해서 조심스럽게나마 발언을 하게 된 것은 최근의 일이다.

🌸 용기 있는 여성들

사회에서 터부시하는 문제들에 관해 용기 있게 이야기를 꺼내는 여성들은 대부분 고학력자이며 안정된 직업과 수입이 있는 경우가 많다. 따라서 이런 변화를 불편한 심정으로 바라보는 사람들은 여성의 고학력화와 사회 진출이 현대 여성의 모성 본능을 쇠퇴시킴으로써 어머니 역할을 귀찮게 여기게 만든다는 어처구니없는 주장까지 내놓고 있다. 그 결과 이전에는 존재하지 않았던 아동학대라는 바람직하지 못한 사태가 나타나게 되었다고 강변하고 있다.

이러한 편견은 텔레비전 같은 정보 매체의 다소 안이한 문제 인식에 기인한다. 더구나 아이러니컬하게도 이러한 스토리를 만들어내고 취재하는 보도 기자나 디렉터의 다수는 여성이다. 그들은 대중의 마음에 들도록, 그리고 대다수가 남성인 상사의 마음에 들도록 기사를 씀으로써 인정을 받고 살아남기 위해 그러한 논리를 펴는 것 같기는 하지만, 이처럼 자본주의 기업의 생리에 영합하는 글을 쓰기 이전에 현 시대를 살아가는 여성의 고뇌와 자각을 외면해서는 안 될 것이다. 그들이 동성이며 동세대인 여성들의 고민에 공감하지 못할 리 없기 때문이다.

교육은 인간의 충동적인 행동에 종지부를 찍게 만든다. 아이를 때리고 싶은 충동이 생겼을 때 혹은 자제하지 못하고 아이를 때렸을 때, 지금까지 받아 온 교육이나 만들어 놓은 인간관계가 효력을 발휘한다. 여성들은 '아이에 대한 이런 분노의 정체는 도대체 무엇일까?'라고 생각하게 되고 이를 알아보기 위해 다른 사람과 상의한다. 창피하다고 생각하며 잠시 주저하긴 하지만 자신의 감정의 정체를 규명하려는 욕구를 우선하게 된 것은 교육, 즉 고학력의 덕택이다. 요즈음의 고학력 어머니들은 자신을 도와줄 수 있는 단체나 기관이 주위에 있다는 것을 알고 있으며 이용하려 한다. '아동학대 상담 직통전화'를 찾아 전화를 걸어 온 많은 어머니들은 바로 그런 사람들이다.

과거에 아동 학대가 없었던 것은 아니다. 단지 그런 이름이 없었고 그것을 드러내 놓고 말하려 하지 않았을 뿐이다. 지금에 와서야 겨우 고학력 어머니들이 그런 현상에 이름을 붙이고 자신들의 생각과 감정을 명확히 밝히려고 하는 것이다.

인간은 '본능을 상실한 동물'이라 말하는 경우가 있다. 여기에서의 본능이란 태어나기 전부터 프로그램화된 고유의 행동을 가리킨다. 따라서 닭은 닭처럼 모이를 쪼고 개는 개처럼 교미한다. 그것은 필연성이 지배하는 세계이지만, 우리 인간의 행동은 이러한 필연에 의해 완전히 지배되는 것은 아니다. 인간은 '자아'라고 불리는 골치 아픈 것을 갖고 인생을 헤쳐 나간다. 따라서 인간 생활은 시대와 상황에 따라, 개인에 따라 크게 달라진다.

프랑스 여성 철학자 엘리자베드 바탄텔은 "인간의 특징은 우발성과 특수성에 있다"고 말했다.

동물의 새끼 기르기는 대부분 종족별로 프로그래밍된 필연성에 의해 이루어지며 그러한 구체적 행동은 교미와 수태, 수유를 조절하는 호르몬과 신경계의 반사 구조에 의해 결정된다. 동물의 새끼 기르기를 보면서, 새끼에 대한 어미의 헌신적인 사랑을 보면서 감동을 느끼는 까닭은 그러한 본능적 행동이 우리 자신의 소망이나 기대를 반영하고 있기 때문이지, 이로부터 헌신적인 모성은 자연스러운 것, 당연한 것으로 느낀다면 잘못된 판단이다.

인간의 어미는 그녀의 자아 속에 살아 숨쉬는 수많은 감정과 욕구를 가지고 자녀를 대한다. 물론 이성과의 만남으로부터 임신, 출산, 수유로 이어지는 모든 과정에는 에스트로겐이나 프로게스테론 같은 호르몬이 관여하고 있지만, 그것이 그녀의 성행동이나 육아의 방법을 결정하고 있는 것은 아니다. 오히려 그러한 과정에 결정적 영향을 미치는 것은 그녀의 자아를 구성하고 있는 그녀의 인간관계의 역사라고 할 수 있다.

바꾸어 말하면 어머니는 자신의 인간관계의 흐름 속에서 자식을 낳는 것을 결정하고 자신의 육아 방법으로 키워 가는 것이다. 여기에서 말하는 인간관계의 흐름을 그녀 자신이 모두 의식하고 있지는 않다. 그녀가 의식하는 것은 자아를 혼란이나 불안에 빠지지 않게 한 일부 체험에 관련된 기억과 의지뿐이다. 의식으로부터 배척되어 구성되는 무의식은 일정한 메커니즘에 따라 그녀의 행동에 반복적으로 표현된다.

이러한 복잡한 과정을 고려한다면 인간의 어미는 필연적으로 자녀 양육에 몰두하든가 그에 따라 만족을 느낄 수밖에 없다고 생각하는 것이 오히려 부자연스럽다. 어머니는 한마디로 간단하게 설명할 수 없는 복잡한 이유로 자식을 낳은 것이며, 낳지 않을 수 없었던 것이다. 그래서 태어난 갓난아기에 대해 갖가지 생각을 한다.

보통의 어머니라면 자녀를 그 어떤 것과도 비교할 수 없을 만큼 사랑스럽게 느낄 때가 많다. 그러나 한순간 아이가 자신의 모든 것을 빼앗아 가는 악마처럼 느껴지고 미워지는 경우가 있다. '자신의 발목을 잡고 있는 아이만 없다면' 하는 생각을 하며 육아 이외의 일을 마음껏 하고 있는 자신의 모습을 그려 보는 어머니가 오히려 보통의 어머니 부류에 속한다.

육아기의 어머니가 느끼는 심리 특히 초조, 분노, 외로움과 같은 부정적인 감정의 존재는 최근에야 겨우 관심을 갖게 되었다. 오랜 기간 동안 어머니들은 어머니 역할이라는 고행을 거론해 오지 않았기 때문이다. 그녀들이 의지하고 있던 소아(小兒) 과학이나 정신 의학, 아동 심리학도 성스러운 어머니의 이미지를 당연한 것으로 여기며 그녀들에게 강요하고 주문해 왔기 때문이다.

최근 들어 신생아를 출산한 산모들 중 일부는 '자아의 퇴행 – 유아기로의 귀환'에 대한 갈망을 갖게 된다는 사실이 밝혀지고 있다. 출산 후 여성들에게서 얼마동안 나타나는 출산 우울증이라는 무기력과 우울증은 대부분 산모의 퇴행에 대한 갈망이 원인이며, 이것은 어릴 적 친정 어머니와의 따뜻한 관계 속에서만 치유될 수 있다.

그리고 요즘 비로소 미숙아를 낳은 산모의 마음속에 움트는 말할 수 없는 죄책감을 이해하려는 움직임이 생겨나기 시작했다. 무균 침대에 누워 입과 혈관에 수많은 튜브를 꼽고 있는 미숙아인 자녀를 볼 때마다 어머니는 자신을 자책할 뿐이다. 이렇게 자기 부정의 감정이 너무 강렬하거나 부정적 감정을 의식으로부터 배제하려고 하면, 이 부정적 감정이 아이에게 반영되어 부정적인 모자 관계나 아동 학대의 원인이 될 수 있다.

이러한 특수한 경우가 아니더라도 어머니 역할이란 원래 여성에게 고통을 강요하는 것이다. 자녀 키우기는 어머니의 전부를 빼앗아간다. 아무런 대가 없이 자신의 시간과 자유를 송두리째 빼앗기는 고난이 자식 키우는 일인 것이다. 기본적인 규칙도 예의도 없는 작은 악마들은 영원히 끝나지 않을 것 같은 집안일로 어머니를 몰아넣는다. 어머니가 된다는 것은 깊은 잠을 잘 수 있는 밤을 잃게 된다는 것을 의미한다. 세상의 남편들은 이런 고행을 어머니의 기쁨쯤으로 착각하고, 자녀 양육을 아내에게 전적으로 부담시키고 미안하다는 감정조차 갖지 않는다.

심지어는 아이가 밤에 울기라도 할라치면 시끄럽다고 어떻게 좀 해보라며 아내에게 짜증을 내거나 아예 베개를 들고 딴 방으로 가버리는 못된 남편조차 있다. 아이가 너무 울어대서 놀란 나머지 병원에 달려갔다가 어머니는 간호사에게 주의를 듣거나 젊은 의사에게 핀잔을 듣는 등 모욕스러운 일을 당하는 경우도 있다.

이 모든 것이 기쁨일 수는 없다. 이것은 고행이 아니고 무엇인가. 의심할 여지 없이 어머니 역할은 어려움을 동반하는 고된 일인 것이다.

7 등교 거부조차
할 수 없는 아이들

❀ 등교 거부

등교 거부란, 등교라는 형태로 사회에 참가하기를 강요당할 때 아이들이 보내는 '노'의 메시지이다. 가정이라는 공간에서 사회라는 더 넓은 공간으로의 진출이 좌절된 아동이 등교 거부를 통해 이런 생활은 싫다고 자기 주장을 하는 것이다. 이때 부모가 자녀의 행동을 이해해 주면, 아동은 학교에 가는 것 이외의 것에서 자신의 생활을 모색하는 다음 단계로 나아갈 수 있다. 그러나 언제부터인가 자녀가 학교에 가지 않으면 큰일이라도 나는 것처럼 생각하는 부모만 있게 되었으며, 이러한 부모는 아동들이 보내는 임무 포기의 사인을 묵과할 수 없다.

나는 도쿄의 서민 출신이지만, 어린 시절 초등학교 동급생 중 이런 식으로 서서히 학교로부터 멀어져 간 친구들을 알고 있다. 당시에는 그것에 관해 떠들어대지 않았고 그들은 지금 훌륭한 사회인이 되어 있다. 농촌 일은 잘 모르지만 농업이 주업이었던 20~30년 전만 하더라도 모내기와 수확기에는 학교에 가지 않고 집안의 농사 일을 돕는 아이가 효자였다.

지금의 아동들은 등교와 공부 이외의 일은 허용되지 않는다. 낮에 학교에 가지 않고 있으면 '왜 학교에 가지 않느냐?' 하고 질책당하고 쫓아오는 손길을 피할 수 없으므로 아동은 '병'을 핑계삼아 도망친다. 그래서 '몸이 아파서 학교에 못 가겠어'라고 말한다. 그러면 부모는 병을 치료하기 위해 기를 써서 그들의 피난처를 봉쇄해 버린다.

몸에 아무런 이상이 없는데도 여전히 학교에 가지 않으려는 아이들을 둔 부모들이 초조해 하고 있을 때, '등교 거부는 정신 장애의 시작'이라는 잘못된 정보라도 입수하는 날이면 정신 치료사나 카운슬러라고 불리는 사람에게 달려가는 것은 당연하다.

정신 치료사들은 학교에 갈 수 있게 해주겠다고 장담한다. 그러나 그렇게 해서 아이가 학교에 다시 가게 되었다고 한들 도대체 그것이 무슨 치료가 된단 말인가? 아이가 시도한 자기 표현의 의도를 막아 버린 것에 불과하지 않은가?

등교 거부 아동이 늘었다는 것은 아이가 '노'라는 자신의 의사를 등교 거부라는 수단을 동원해 표현하는 경우가 많아졌다는 것을 의미한다. 부모들이 아이의 등교에 민감하기 때문에 아이들은 그 점을 이용하여 자신의 문제에 대한 구조 신호를 보내는 것이다. 이렇게 되어 버린 것은 부모들의 가치가 획일화되고 융통성이 없어진 결과이다. 그리고 근본에는 부모들이 가지고 있는 '최소한 남들과 똑같이'라는 지향 의식이 내재해 있다.

학교에 가지 않는 것에 대해서 이처럼 부모가 관심을 갖게 된 것은 알고 보면 극히 최근에 일어난 일이다.

1960년대 말 정부는 교육 문제를 검토하면서 일본인 중에서

2~3%의 극소수 엘리트를 선별하여 이들을 철저하게 강화 훈련시켜 미래의 일본을 이끌어 가도록 하자는 발상이 제기되었다. 이는 부모가 학교 의존증에 빠져서 아동들의 등교 거부가 '시대의 질병'으로 대두하기 시작하는 시기와 일치하고 있다.

우리는 세상의 흐름 속에서 순응하며 살아가려고 하는데, 사실 이 세상의 흐름이라는 것은 누군가가 그때그때 필요에 따라서 인위적으로 만들어 낸 요소가 더 많다. 때문에 어쩔 수 없이 순응하려고 하기보다 경우에 따라서는 '세상의 흐름'을 바꿀 필요가 있는 것이다.

사람들은 정보가 발신되는 근원과 과정을 알지 못한 채 그곳에서 흘러나오는 2차, 3차 정보 속에서 살고 있다. 때문에 세상이란 그런 것인가 보다 하고 쉽게 단정하고 거기에 자신을 맞추며 살려고 하지만 제도 역시 누군가가 인위적으로 만든 것이다. '학교란 이런 것이다'라고 규정하고 그 이외의 장소에서의 학습을 교육으로 인정하지 않는 것은 그렇게 하고 싶었던 누군가에 의해 정해진 것이지 그것이 옳고 누구에게나 들어맞기 때문이 아니다. 일부 학생이 이에 적응하지 못하는 것은 당연한 일이며, 이런 획일적인 제도 속에 있고 싶지 않다고 느끼는 학생이 전혀 없다면 그것이 오히려 이상한 일이다.

'등교를 거부한다' '등교하기 싫다' 등의 자기 주장을 펼 수 있는 아이가 있다면 그 아이는 오히려 보통 이상의 아이로 훌륭하다. 훌륭한 사람에게 훌륭하다고 말해 주는 것이 치료이다. 역설적으로 말하면 나는 임상가(임상 치료사)로서 등교 거부를 할 수 없는 아이가 많이 있다는 점에 오히려 위기감을 느끼고 있다. 소위 '등교 거부 불능증'이다.

예를 들어 어떤 중학생은 학교에서 집단 따돌림(왕따)을 당하고 있었다. 같은 반 급우로부터 신발 밑을 핥거나 신발을 물고 달리게 하는 등의 고통을 당하고 있었다. 담임은 젊은 여성으로 이런 상황을 전혀 몰랐던 것은 아니었으나 그다지 문제시 하지 않았다.

그저 아이들끼리의 장난이라고 생각하며 오랜 기간 방치했다는 담임의 주장이 나로서는 전혀 이해되지 않았다. 게다가 그 선생은 이런 말까지 덧붙였다.

"그도 그럴 것이 그 학생은 눈에 띌 만큼 곤란을 겪고 있는 것처럼 보이지 않았거든요"

학대하는 집단의 어느 학부모가 이를 알아채고 학대당하는 아이의 어머니에게 알림으로써 겨우 그 아이의 고통이 주위에 조금씩 알려지게 되었다. 따돌림을 당하던 그 아이는 어머니의 물음에 확실하게 대답하지 않았다. 학교에서 아무 문제 없이 잘 지내고 있다고 하는 것이 부모에 대한 아이의 최후의 자존심이기 때문에 학교에서 비참한 자신의 모습을 부모에게 말할 리가 없다. 다른 사람에게는 푸념하더라도 부모에게는 말하지 않는 것이 중학생의 심리이다. 요령부득한 문답이 있은 뒤, 어머니는 담임을 만났지만 선생은 물론 아무 문제없으니 조금 더 상황을 지켜보자고 했다. 인간이라는 존재에게는 자신이 보고 싶지 않은 것은 잘 보이지 않는 법이므로 이 선생을 마냥 탓할 수는 없다. 원래 공교육에 있어서 교사의 역할이란 그 정도이다.

이 경우, 반에서 괴롭힘을 당하는 아이의 어머니가 단념하지 않고 불안감을 가지면서 제3자에게 상담한 것이 주효했다. 학교란 극단적인 폐쇄 사회이므로 제3자가 관찰하는 것이 문제 해결에 기여하는 경우가 많다. 학교가 지역 사회로부터 폐쇄되어 있는 것은, 그렇게 만들고 싶었던 사람이 그러한 형태로 학교를 만들었기 때문에 그런 것이지 학교의 본질이 그런 것은 아니다. 아마도 군대를 모델로 공교육의 체계가 만들어졌던 시대부터 학교 내부 사람들은 옛날의 군인이 일반 서민을 멸시했듯이 외부 사람을 구별하고 차별할 필요를 느끼게끔 만들었던 것이다.

이 사례에서 제3자란 지역 보건소였다. 이 지역 보건소는 10년 전부터 정해진 요일의 오후 시간에 가족들의 모임을 열고 있었다. 원래는 지역 내의 알코올 의존증 환자와 그 가족을 위해 열었던 것이 얼마 후에는 가정 내 폭력 문제나 자녀 문제까지 다루게 되었다.

나는 여러 해 전부터 지역 보건소가 여는 가족 모임에 참가하고 있었는데, 이 어머니는 어디선가 이 같은 모임이 있다는 이야기를 들었는지 아들의 집단 학대와 집단 따돌림 문제를 상담하게 되었다. 나는 보건소에서 부모를 만나고 계속해서 아들과도 만났다. 교복을 입은 비교적 작은 체구의 아이는 경직된 자세로 의자에 꼿꼿이 앉아 눈은 정면을 응시하고 있었다. 마치 중학생 로봇 같은 느낌이 들었다.

"왜 이렇게 긴장하니? 좀 더 편안하게 앉아."

"네."

"학교는 어떠니?"

"잘 다니고 있습니다. 재미있어요."

우리 둘의 대화는 이런 식이어서 당사자를 대상으로 아무 소득이 없을 것으로 생각되어 담임을 만나고 싶다고 했더니 교장과 함께 연구소로 찾아와 주었다. 이런 경우 교사가 단독으로 외부 사람과 만날 수 없다는 것이 학교의 철칙인 모양이다. 외부와의 창구역할은 반드시 교장이나 교감이 담당하며 담임 교사를 당사자로 하지 않는다.

학대하고 학대당하는 관계

　우리의 개입이 시작되고부터는 학교 측에서도 이 문제를 무시할 수 없게 되었다. 학대를 가했던 8명의 학생을 불렀다. 그들의 부모들 가운데 희망하는 사람은 동석하게 하여 보건소에서 모임을 가졌다.

　학대의 주동자는 의외로 피해자의 초등학교 때 친구였다. 흥미로웠던 점은 이 아이는 학대하는 아이들 가운데 키가 제일 작아 학대당하는 아이보다 약간 큰 정도였다. 학대당하는 아이의 경직된 태도와는 달리 그 아이는 의자에 버티고 앉아 말도 거칠게 했다.

　몸집이 작은 두 아이는 거의 이웃이라 할 정도로 집도 가까웠다. 다만 집의 크기는 매우 차이가 났다. 할아버지가 공장을 경영하고 있던 학대당하는 아이의 집이 훨씬 넓고 훌륭했고 오래 전부터 이곳에 뿌리를 내리고 사는 토박이였다. 아버지는 양쪽 모두 샐러리맨으로, 학대당하는 아이의 아버지는 일류 대학 출신으로 일류 기업의 엘리트 사원이었으며 학대 그룹의 주동자 아이의 아버지는 보잘것없는 중소기업에 근무하며 살고 있는 동네에서는 비교적 신참이었다.

학대당하는 아이는 집안의 장남으로 조부모로부터 귀여움만 받은 탓인지 동작이 둔하고 어리숙했다. 아이의 아버지는 당연히 아버지가 졸업한 정도의 대학에 진학할 것으로 기대하고 있었으며, 아이는 중압감에 짓눌려서 위축되어 있었다. 학대하는 아이는 날쌔고 재치가 있어 보였으며, 학대당하는 아이의 어머니나 할머니는 '네가 이 아이를 좀 돌봐 주렴' 하는 식의 부탁을 하곤 했다.

초등학교 때부터 아침이 되어 학교에 갈 시간이 되면 학대하는 아이쪽이 먼저 나가 기다린다. 잠시 기다리면 학대당하는 아이는 부모의 도움을 받아 준비를 끝내고 기다리고 있던 학대하는 아이와 같이 등교했다.

학대하고 학대당하는 관계는 밀접한 인간관계가 보통인데 괴롭혀도 재미가 없을 것 같은 아이는 애초에 건드리지 않는다. 친한 관계일수록 상대가 만만하면 함부로 대하게 되고 놀리고 싶어지는 게 인간의 일반적인 심리이다. 더구나 상대가 어리숙하고 답답한 데다가 놀려도 제대로 대꾸 한번 못하고 고스란히 당하고 있으면 아이들은 점점 대담해지고 잔인해진다. 예를 들어 강아지를 발로 걷어찼는데 얻어맞은 강아지가 깨갱대고 두려운 표정을 지으면 어린이는 다음번에는 더욱더 세게 걷어차는 것이다.

중학생이 되면 교실 전체가 살벌해진다. 1학년 때부터 고교 진학 문제가 선생님과 학생의 머리를 짓눌러서만은 아니다. 사춘기는 자기의 이상을 동경하고 추구하는 시기로 그 이상을 또래의 집단과 공유하려는 경향이 강한데, 이에 부응하지 못하는 학생에게는 특히 잔혹한 시기이다.

남학생에게는 테스토스테론(남성 호르몬)이 맹위를 떨치게 되는 시기이다. 이 화학 물질은 앞에서 이미 언급한 바와 같이 동물에게 세력 투쟁과 순위 경쟁을 부추기는 위험한 것이다. 공부, 스포츠, 완력, 용기, 유머, 재치와 같은 여러 가지 측면에서 '누가 일등이고 누가 꼴찌인가' 그리고 '누가 그곳의 지배자인가'라는 가혹한 경쟁이 폐쇄된 공간을 무대로 막을 여는 곳이 학교이다.

여학생이라고 해서 별반 다르지 않다. 테스토스테론의 영향을 받는 것은 아니지만, 학교라는 순위 경쟁의 장에서 습득한 지배 복종의 논리가 사춘기 특유의 잔혹함으로 그들의 생활을 지배하게 된다. 다만 여학생의 경우는 남자처럼 경기 종목이 많지 않다. 남여 공학이라면 누가 남학생에게 더 주목을 받느냐가 경쟁의 포인트가 된다. 그리고 공학이 아니라면 남자 선생이나 상급생인 남학생이 그 대상이 된다. 그렇기 때문에 이 시기의 여학생에게는 눈길을 끌게 하는 멋내기가 최대의 관심사가 된다. 그러나 학교는 획일성에 묶여 있으므로 멋내는 방법, 눈에 띄는 방법, 멋내기가 허용되는 정도는 지배 복종의 논리에 의해 결정된다. 이를테면 하급생은 상급생보다 눈에 띄어서는 안 되는 것이다.

이를 철저하게 지키기 위해서 대부분의 학교에는 학생들 사이에서만 공유되는 엄한 규칙을 만들고 상급생은 하급생의 하찮은 위반에도 눈을 부릅뜬다. 이를 계속 무시하면 상급생으로부터 학대를 당하거나 기합을 받는다. 이러한 경쟁에서 가장 우위에 선 자의 주변에는 이를 선망하는 자들이 모이기 시작하여 권력 행사와 정치가 생겨난다. 단 이러한 선망은 결코 부정되어서는 안 되는 것으로, 이 시기의 청소년 자아 발견을 위해서는 중요한 과정이다.

이런 과정에서 부정적인 특성을 가진 자는 무참하게 배제된다. 그뿐 아니라 학급이나 학년에서 배제된 소수의 패자는 '그렇게 되어서는 안 되는 자'로서 낙인 찍히고 상호보완적 동일화의 대상이 된다.

'상호보완적 동일화'란 원래 성의 동일성의 획득에 대해 설명할 때 이용되는 용어이다. 예를 들어 남학생을 여학생과 비교하면서 남자다움을 내세우게 되는 때에 이용된다. 이 상호보완적 동일화가 열등한 자, 패배자를 대상으로 행해지는 것이 이 시기 학대의 본질이다.

앞에서 소개한 집단 따돌림의 주동자 학생 역시 학교라는 새로운 환경에서 자신의 위치를 새롭게 확립할 필요를 느꼈다. 그는 체력, 완력, 지력 모든 면에서 급우들 가운데 우위로 인정받기 어려웠다. 오히려 잘못하면 어리숙한 친구와 동일하게 취급받을 위험까지 있다고 판단한 그는 친구를 희생양으로 삼아서 자기가 얼마나 배짱 있고 거칠며 만만하게 보아서는 안되는 존재인가를 아이들에게 보여 주고자 했던 것이다.

"이 녀석은 하는 짓이 꼭 계집애 같단 말야. 이런 띨띨한 녀석은 따로 교육을 좀 시켜야 돼. 그렇잖니?"

그 아이는 앞장서서 예전의 친구에게 군림하면서 조련사처럼 행동하고 마음껏 가지고 놀았다.

학급의 강자들은 처음에는 그 모습을 구경만 했다. 그러다 점차 흥미를 느끼면서 함께 이 조련 과정에 참여함으로써 그들의 노리갯감, 학대당하는 급우가 한 명 탄생했다. 겁 먹은 표정으로 지시에 고분고분 따르고 어떤 수모를 받아도 대들거나 누구에게 고자 질하지 못하며 답답할 만큼 수동적인 이 아이에게 동정심을 갖는 아이들보다는 당연하다고 여기거나 잔인한 가학 취미를 느끼는 아이들이 더 많았다. 오히려 학대하는 그룹에 참여함으로써 '나는 저 아이와는 질적으로 다르다. 난 저 아이처럼 될 염려는 없다'는 심리적 안도감을 얻을 수 있었던 것이다.

이렇게 학대를 당하는 과정에서 아이는 어떤 굴욕도 묵묵히 감수했고 어떤 말썽도 일어나지 않았기 때문에 학대하는 아이들은 아무런 죄책감 없이 자신들의 악취미를 즐겼다. 그러는 과정에서 그 학생의 성적은 바닥으로 떨어져 내려 열등 그룹에서 앞뒤를 다투게 되었다.

진정으로 비극적인 점은 이 열등자가 자신의 이러한 입장을 이해하려고 하지 않았다는 데에 있었다. 그는 여전히 예전의 친구를 자신의 보호자로 여기고 있었고, 그의 행동을 선의로 생각하고 있었다. 그렇게 받아들이지 않으면 아마 그로서는 학교 생활에 적응할 수 없었을 터이다. 이러한 상황에서 그가 학교 생활이 즐겁다고 가슴을 펴고 말할 때 그렇게 말해야 하는 내면적인 이유가 있었다.

그런 이유 때문에 학급의 강자들이 보건소의 모임에서 '저는 잘 모르겠는데요. 학대 같은 것은 하지 않았는데요?'라고 말한 것이 무리는 아니다. 학대의 주범인 예전의 친구에게도 변명은 준비되어 있었다.

"저는 저 녀석이 학급에서 제 구실을 좀 할 수 있도록 한 것 뿐인데요? 동작이 답답할 정도로 느려서 알아서 할 줄을 모르니까요."

추락한 자존심

이처럼 학교, 특히 중학교는 일부 학생에게는 매우 위험한 곳이다. 곤란한 것은 일부 학생에게 희생양이 반드시 필요한데 누가 그 대상이 되는가는 결과가 나올 때까지 알 수 없다는 점이다. 도시에서는 사투리가 남아 있는 촌스러운 전입생일 수도 있고, 시골에서는 표준어를 쓰는 잘난 체하는 전입생일 수도 있다.

이런 위치에 놓였을 때의 올바른 행동 방식은 위험으로부터 일단 벗어나는 것이다. 벗어나지 않고 계속 그런 상황에 맞닥뜨리게 놓아 두면 굴욕이 반복되어 인간의 가장 소중한 부분이 파괴되어 버린다. 다시 말해 인생에서 가장 중요한 자기 자신을 사랑하고 존중하는 에너지의 원천이 손상되어 버린다.

그래서 이런 경우 등교를 거부할 수 있는 능력이 중요하다. 이 능력을 뒷받침해 주는 것은 용기와 상황에 대한 인식 능력이다. 이 것이 있다면 학대당하고 있다고 부모에게 확실하게 말할 수 있으며, 어리석은 부모—부모란 흔히 말하는 것처럼 대개가 어리석지만—가 힘내서 학교에 가라고 충고하더라도 뿌리칠 수 있다.

이런 용기와 인식 능력이 없더라도 우선은 학교를 쉬어 보라고 권하고 싶다. 일중독증과 과잉 적응이 요구되는 사회에서 등교 거부라는 일탈은 가장 강력한 일탈이므로 부모도 학교도 충격을 받는다. 학대당하고 있다는 사실 자체만으로는 교사들의 주의를 끌수 없다. 학대당하고 있던 앞의 아이의 경우에는 자신의 그러한 처지를 인정하려 하지 않았던 것이다.

면담이 있고 난 후 학대는 여전히 계속되어 등하교 길에서 만나면 발로 걷어채이기도 했지만 급우들이 무리를 지어서 그를 학대하는 일은 없어졌다. 구경하던 학생들은 가해자로 낙인 찍히는 위험을 느끼고 그 자리를 피하기 시작했기 때문이다.

그런데 이러한 무서운 학대가 잠잠해지고 나자 학대당하던 아이는 그간의 일에 대해 자초지종을 이야기하며 분한 눈물을 흘리는 것이었다. 내면의 안정을 찾아 어느 정도 여유를 가지고 자신의 감정을 바라볼 수 있을 때에야 비로소 자신에게 벌어진 일에 관해 말할 수 있는 법이다. 더욱더 이야기할 수 있는 상대가 없으면 이야기는 불가능하다. 이 경우에서는 그 대상이 부모나 선생이 아닌 나였다. 어찌 보면 당연한 일로 부모의 기대가 큰 아이들은 '학교 생활을 잘 하고 있는 아이'로 보임으로써 부모를 실망시키지 않기 위해 무슨 일이 있더라도 필사적으로 부모에게만은 이야기하지 않는다. 거의 소진된 자존심의 밑바닥을 드러 내더라도 이 부분만은 숨기려고 애쓴다. 심지어 견디지 못하고 자살을 시도할 지경일망정 부모에게는 진실을 감추는 경우가 대부분이다.

교사에게는 이야기해 보았자 창피를 당할 뿐이고 자칫하면 고자질했다는 이유로 더욱더 따돌림받고 보복을 당할까봐 두려워 엄두도 못 낸다. 앞서 말한 바와 같이 학교는 평가와 순위 매기기의 장이다. 학대당하는 아이는 인간적으로 열등하다고 평가되어 버리기 때문에 영웅 숭배의 시기에 있는 아이들에게는 동정은커녕 상호보완적 동일화의 대상이 될 뿐이다. 교사는 그러한 집단의 구성원에 불과하므로 사실을 털어놓는 것은 극히 위험하고 어리석다고 생각한다.

불행하게 교사들은 지금까지도 자신들이 보이지 않는 또 다른 가해자라는 사실을 깨닫지 못하고 있다. 교사 각자의 양심과 교육자로서의 능력의 정도는 가해자라는 사실과 전혀 무관하다. 중학교에서 교사로 근무한다는 것 그 자체로 학대하는 측의 한 구성원으로 인식되고 있다는 엄중한 인식을 갖고 있지 않으면 이런 역할에서 벗어날 수 없다. 이 때문에 교실이나 학교가 현재와 같이 철저하게 폐쇄된 체제로 남아 있는 것은 위험한 일이다. 언제나 제3자의 눈으로 관찰할 수 있게 하고 외부의 가치 판단에 민감해질 필요가 있다.

결국 학대당하던 아이는 오랜 시간이 지나서야 몇 주 동안 마지못해서 등교를 거부했다. 이것은 그 아이 나름의 학교 불신 선언이자 부모에게 보내는 학교 부적응 선언이다. 그후 나의 조언에 따라 동네의 태권도 도장에 입문했다. 이것은 학대하는 아이들에게 복수하기 위해서가 아니었는데, 사실 이 아이는 머릿속으로는 힘을 동경하여 집에서는 언제나 『스모(일본 씨름)』라는 잡지를 보고 있었다. 이 잡지의 지난 월호를 모두 보관하고 있을 정도로 육체적인 힘의 신봉자였던 것이다.

이런 교육 지향자는 실제로 근육 내의 힘을 분출하지 않으면 안 된다. 그 방법만이 아이의 심각한 마음의 상처를 치유할 수 있을 것이라고 생각했기에 복싱이나 태권도 도장을 찾아가라고 했던 것이다. 그후 그는 1주일에 한 번씩 도장에 나가는 것은 빠지지 않으면서 학교는 적당히 빠지게 되어, 학급에서 하위의 성적으로 졸업했다. 공립 학교에는 진학할 수 없으므로 방송 통신 학교에 진학하여 나름대로 활기를 찾아가고 있다.

다시 말하면 아이들은 등교를 거부할 수 없다. 학생은 하루 종일 어정어정 거리를 활보할 수 없기 때문이다. 현대 사회에는 형법에도 없는 등교 거부라는 범죄가 있다.

'학생, 뭐하고 있어? 오늘 쉬는 날도 아닌데 이런 데서 어정거리기나 하고'라는 말을 듣는가 하면 힘담을 듣게 된다. 그리고 '저 아이는 학교에 가지 않는 모양이지?' 하는 식으로 등교 거부 이야기가 스캔들처럼 거리에 떠도는 사회가 되어 있다. 이런 것이 없어지고 위험한 학교, 가고 싶지 않은 학교에 가지 않아도 되면 학대하고 학대당하는 관계가 변화할 것은 분명하다.

같은 또래의 그룹이 필요하다면 또는 학교와 유사한 곳에 가고 싶어하면 그런 곳을 만들어 주면 된다. 자유 학교라든지 대안 학교를 세우면 되는 것이다.

문제는 자유 학교나 대안 학교든 그것이 그룹을 형성하는 이상, 그리고 사춘기가 사춘기인 이상 거기에도 가혹한 경쟁이 기다리고 있다는 점이다. 이러한 사실을 충분히 깨달으면서 지금의 학교를 대신할 수 있는 학교의 종류가 늘어난다면 좋은 일이다. 이처럼 조건이 정비된 이후에도 학급 내에서 학대당한다면 여기에는 방법이 없다. 그 사람이 선택한 인생이라고밖에 말할 수 없다.

메시지로서의 증상

증상이나 일탈 행동—비행—이라고 불리는 행동은 모두 메시지로서의 기능을 가지고 있다. 통증이나 가려움증은 자신의 신체에 대해 관심을 불러일으키는 메시지이다. 정신 장애자의 경우, 증상이라고 불리는 것들의 대부분은 주위 사람에 대한 의사 전달 수단으로서의 의미를 가지고 있다.

일상의 언어 활동에서 표현할 수 없는 생각이나 억업받는 사람의 무의식 내지는 의식에 뿌리박힌 메시지가 병의 증상으로 표현된다. 어떤 사람이 의식하고 있는 다른 사람에 대한 메시지는 '요구'가 되며 전혀 의식하지 못한 혹은 알려고 하지 않은 메시지는 '증후'라 불린다.

그러므로 정신 요법에서의 과제는 주체의 병상, 즉 증후를 요구로 전환시키는 과정이라고 할 수 있다. 나태함이나 비행, 약물 남용 등 청춘기의 남녀가 저지를 수 있는 일탈 행동의 일부는 요구의 표출이며 또 어떤 부분은 증후가 된다. 하나의 문제 행동에는 요구나 호소, 증후가 혼합되어 있으며 때로는 명확한 요구로 보였던 것이 사실은 증후이기도 하며 이런 영역에 속하는 정신 장애의 특징인 것이다.

사춘기의 남녀가 약물 남용이라는 일탈 행동으로 전하려는 메시지는 무엇일까? 약물을 남용하게 되기까지는 약물을 손에 넣는 어려움, 약물 사용에 따른 신체 손상에 대한 공포, 상습 복용으로 학교 생활에서 낙오자가 되는 것에 대한 염려 따위의 억압 요소를 극복해야 한다. 즉 그런 생각을 갖지 않는 한 약물 남용은 있을 수 없다는 것이다. 그리고 학생이 그렇게 되는 것은 약물 남용이라는 수단을 사용하지 않고는 주변 사람에게 자신을 표현할 수 없을 때이다.

이 부분을 명확히 하기 위해 중학생이 약물을 남용하게 되면 어떤 의사소통이 이루어지는가를 예로 들어 보자.

먼저 약물 남용에 이르도록 유혹하거나 유혹받는 학생 사이의 의사 소통이 시작된다. 이런 부류의 교류는 학급에서 교제하는 학생에게는 매력적인 것이 되지 않지만, 낙오될 상황에 처한 학생과 선생님과 친구에게 버림받은 학생에게는 귀중한 의사 소통이 된다. 친구들과 함께 본드를 흡입하고 함께 취하는 것은 의사 소통이요, 정서의 교류인 셈이다.

집단으로 본드를 흡입하고 있을 때는 거의 대화가 없기 때문에 충분한 의사 소통이 이루어지고 있다고 할 수 없지만, 함께 본드를 흡입한 자기 확대 상태를 공유한다는 것 자체로 큰 의미가 있다. 이것은 샐러리맨들이 술을 마시는 것과 별반 다름없다. 이렇게 본드를 흡입하는 비행은 부모와 교사 등 주위 사람들에게 보내는 메시지가 된다.

'자! 나는 문제를 일으키고 있습니다. 당신들은 이것을 어떻게 받아들이고 계십니까?'

그들은 이런 질문을 던진다. 나아가 그들은 본드에 의해 혼수 상태에 빠지거나 건강을 망치는 것으로 무력한 자신을 표현하고 있지만, 사실은 주위에 구조 신호를 보내고 있는 것이다.

이러한 일련의 과정에서도 비행 학생의 입에서 '도와달라는 말은 나오지 않는다. '돈 줘!', '가만 놔 둬!' 와 같은 반항적이고 강한 체하는 말로, 요구뿐이다. 제 입으로 도움을 요청할 수 있는 아이라면 약물 남용과 같은 위험한 방법으로 표현하지는 않을 것이다.

❀ 전달되지 않은 편지

요컨대 주위 사람과의 의사 소통을 회피하는 것처럼 보이는 약물 남용에 빠진 청소년들이야말로 한편으로는 가장 절실하게 의사 소통을 원하고 있는 학생들인 것이다. 그러나 그들이 주위 사람과 마음을 터놓는 것은 어려운다. 주위에 대한 불신과 단절감은 심각한 수준에 이르러 있어 일상적인 언어로 말조차 제대로 받아들일 수 없게 되어 있기 때문이다.

예를 들어 보자.

제4장에서 소개한 소녀 E는 초등학교 때 급우들에게 많은 편지를 썼다. 초등학교 시절의 소녀는 말이 없고 친구도 없으며, 무기력하고 비만한 아이였다. 학교에서 조용하게 지냈으며 집에서는 어른의 말을 잘 듣는 아이였다. 이혼한 어머니가 생계를 위해 일하는 한편, 얼굴 근육이 자주 일그러지는 틱이라는 병 때문에 친구들과의 대화조차 거부하고 있던 언니의 응석을 받아 주어야 하는 형편이어서 E는 집에서 착한 아이가 되지 않을 수 없었다.

초등학교 4학년이 끝나갈 무렵, 담임은 그녀의 비만을 이유로 건강 학교로 전학시켰다. E는 이를 슬퍼했지만 이를 계기로 자신을 바꾸어보기 위해 필사적인 노력을 하기 시작했다. 소녀가 시작한 것은 4학년 때의 급우들에게 매일같이 편지를 쓰는 것이었다. 그림을 그려 넣기도 하면서 노력한 그녀의 편지는 쉴 새없이 학급으로 배달되었다. 1년 후 6학년이 되어 원래의 학교로 돌아온 그녀가 기대에 부풀어 등교한 첫날 담임은 그녀를 교무실로 불러 한 묶음의 편지를 되돌려주면서 이렇게 말했다.

"이런 것 받아도 보관할 마땅한 곳이 없어서 곤란했었다. 이런 짓은 그만두거라."

봉투를 뜯지도 않은 편지 다발을 받아들고 귀가하면서 E는 하염없이 울었다. 급우 한 사람 한 사람을 생각하면서 친구들이 읽어 줄 것으로 기대하며 편지를 썼던 자기 자신이 애처롭게만 여겨졌다. 그녀는 또다시 어둡고 생기 없는 바보 같은 학생처럼 지냈다. 선생으로부터 미움받는 학생은 친구들로부터 학대받으며 지내는 잔혹한 나날을 보내야 했다.

중학교의 담임은 E를 처음부터 못마땅해 했다. 문제아라는 정보가 있었던 탓인지 모른다. 급우의 대부분은 초등학교 동창들이어서 괴롭힘은 계속되었다. 초등학교 때보다 훨씬 심한 학대였다. 급우들은 E의 존재를 무시하고 한마디 말도 건네지 않았다. 학급에서 물건이 없어지거나 돈을 잃어버리면 모두가 E를 의심했고, 담임은 노골적으로 미워하며 비행 소녀라고 불렀다.

그런 일이 몇 번인가 있은 후 어느 날, 어머니는 집에서 슬프게 울고 있는 소녀 E를 보았다고 한다. '그렇다면 정말로 비행 소녀가 되어 주지'라는 생각을 하면서 울고 있었다. 그리고 중학교 1학년이 끝날 무렵에 E는 비행 소녀 그룹에 들어갔다. 학교에서도 유명한 상급생 비행 그룹에 스스로 접근했으며 거기서 바로 본드를 배웠다. 그로부터 2년 동안 정신 병원에 두 번 다녀왔고 두 번째 입원에서 병원을 도망 나온 E는 집에서 어머니에게 달라붙어 지내고 있다. 완전히 아기가 된 양 멍한 얼굴로 침을 흘리면서 때로는 어머니의 젖을 만지작거린다.

그런 그녀가 놀랄 정도로 생기 넘치는 표정을 지어 보이는 날은 본드를 하는 패거리로부터 전화를 받은 때이다. 또렷한 말투로 대꾸하고 통화가 끝나면 재빠르게 외출 준비를 하고 나가려 한다. 이를 눈치챈 어머니가 필사적으로 막으려 해도 이를 뿌리치고 기어이 외출하고 만다. 그리고 다음 날 본드 냄새를 잔뜩 풍기며 축 늘어져서 돌아온다.

지금은 정신과 의사도 정신 치료사도 그녀와 대화를 나눌 수 없으며 그저 어머니에게 아기처럼 응석만 부리고 있다. E가 연령에 상응하는 정신 기능을 표현하는 유일한 상대는 본드를 하는 패거리들 뿐이다.

이것이 바로 초등학교 5학년 때 친구들과 담임과 그토록 대화를 하고 싶어 편지를 보냈던 한 소녀의 현재이다.

낙오자

나는 직업 관계상 이처럼 학교에 잘 적응하지 못하는 아이들과
자주 접하게 된다. 활발하고 명랑한 아이, 단정하고 영리한 아이,
집에서 귀하게 자란 아이가 늘어난 반면 그렇지 못한 아이들 중에
는 학급에서 소외받는 아이가 많은 것 같다. 교사들은 느리고 지저
분하고 우둔한 아이들을 무시하며 그 가운데 극단적인 아이는 특
수 학교에 보내 버리고 다른 아이들도 덩달아 이런 아이를 철저히
따돌리게 된다. 마치 불결한 균이 묻은 것처럼 닦아 버리고 씻어
버리고 치워 버리려고 한다.

지금 같은 시대의 아이들은 학교에서 잘 지내지 못하면 문제가
심각하다. 그들에게는 학교 이외의 일상생활이란 없기 때문에 학
교 대신 하루를 보낼 장소가 없다. 모든 어린이가 공적으로 제도화
된 학교에서 획일적인 교육을 받으면서 하루를 보내고 있다. 학교
생활에서 제외된 아이들의 생활은 지극히 빈곤해지고 말았다. 학
교에서 쫓겨나거나 학교를 싫어하게 된 아이는 병을 핑계삼아 방
안에 누워 하루를 보내거나 범죄자처럼 들킬 것을 두려워하며 다
른 사람의 눈을 피해 다닌다. 따라서 요즘 아이들은 '학교를 싫어

하는 범죄'를 저지를까 두려워하며 필사적으로 학교에 다니는 것처럼 보인다.

학교 그 자체가 아이들에게 가장 큰 스트레스를 안겨 준다는 현실을 우리는 분명하게 받아들여야 되지 않을까? 학교라는 공동 사회가 많은 아이들에게 스트레스를 안겨주는 것은 어쩔 수 없는 일이라고 하더라도, 그 스트레스를 일정 범위로 줄이는 노력이 어른들에게 필요한 것이 아니겠는가? 현재와 같은 상황이 계속된다면 앞으로도 일정 수의 아이들은 희생양처럼 낙오자가 되어갈 것이다. 그리고 그들에게는 자기 파괴적인 행동이 될망정 본드를 가까이 하고 비행 그룹과 어울려 다니는 것만이 구제로 여겨질 것이다.

정신 발달의 절정기에 있는 아이들을 모아 놓고 교육한다는 것은 어찌 생각하면 두려운 생각이 들 만큼 어려운 일이다. 교육이 지식의 전달만을 목표로 삼는다면 학교에서 일어나는 갖가지 문제에 쉽게 대처할 수 있겠지만, 현실적으로 사회가 학교에 기대하고 있는 것은 그 이상이다. 이제 교사는 자신들이 할 수 없는 것은 할 수 없다고 솔직하게 말하고 필요한 도움을 외부에서 받아들일 자세를 갖추어야 할 때이다.

학교라는 사회에서는 다양한 인간관계, 즉 학생들 사이, 교사와 학생 사이, 혹은 교사들 간의 관계로 인한 다양한 문제가 존재하며 어느 하나 소홀히 할 수 없는 것들이지만, 교사가 힘써 해결해야 할 문제는 학생사이에 일어나는 문제이다. 그러나 이것마저 앞에 예를 든 소녀의 사례처럼 부적절한 대응이 반복되고 있다.

지금 학교에는 학교 내부의 인간관계로부터 독립된 위치에 있는 정신 치료 전문가가 필요하다. 전문가의 임무는 단순히 문제를 일으킨 학생에게 도움을 주는 것만이 아니다. 학교 안에 학생들의 건전한 정신 발달을 저해하는 요소가 있다면 이것을 지적하는 것 또한 이 사람의 임무이다. 현재의 학교에는 이러한 외부의 도움이 충분하지 못하다. 사회는 무비판적으로 학교에 의존하고 학교는 현재와 같이 폐쇄적이고 자기 만족적인 운영을 계속한다면, 언젠가는 학교 혐오자를 양산하게 되어 마침내 방향성을 상실하고 말 것이다.

8 가족의 가면이
벗겨질 때

20년 전의 편지

나는 어떤 문제 가정의 아들이 20년 전에 어머니에게 쓴 편지를 읽고 감동을 받은 일이 있다. 이 사람은 지금 이미 서른여섯 살이나 되었지만 명문 사립 중학교를 졸업하고 상급 고등학교에 진학한 후 줄곧 두문불출하고 가정 내 폭력을 휘두르기 시작했다.

그는 정신 분열증이라는 진단을 받았고, 그의 어머니는 20년 가까이 정신과 의사로부터 약을 받아 아들에게 건네주는 일을 기계적으로 해왔다. 이 약을 아들이 먹고 있었는지는 알 수 없지만, 이 약을 매개로 한 의사와의 만남이 어머니에게는 유일한 위안이 되고 있었다. 세월이 흐르면서 아들은 힘을 잃었는지 예전처럼 난동을 피우지는 않았다. 아들에게 쫓겨난 아버지는 다행히 경제적으로 여유가 있는 편이라 정원의 한쪽에 세운 별채에서 따로 살고 있었다. 아들은 어머니만 가까이에 있게 했다.

"엄마는 남편하고 같이 있어서는 안 돼. 남편은 엄마를 못쓰게 만든 인간이므로 절대 만나서는 안 돼."

아들은 어머니에게 이렇게 강요하여 실제로 이 부부는 억지로 별거를 하고 있었다. 아들이 만든 규칙을 어기면 큰 소동이 벌어지므로 이를 두려워한 어머니는 남편과 별거하는 시늉을 하고 있었다. 그러나 나와 상담을 하러 올 때는 부부가 함께 오는 것으로 보아 두 사람은 연락을 취하고 있었던 것이다.

그때 그 어머니는 아들이 열여섯 살 되던 해에 썼다는 편지를 내게 보여주었다. 그녀의 이야기를 전부 듣고 난 뒤 편지를 읽었는데 이 편지에는 실로 진지한 내용이 담겨 있다는 생각이 들었다.

엄마, 엄마는 공허합니다. 마치 로봇 같습니다. 엄마는 좀 더 많은 책을 읽어야 합니다. 엄마를 에워싸고 있는 시부모나 남편보다 자신을 높이 평가하고 비어 있는 내면을 더욱 충실하게 메워야 합니다. 그렇게 하지 않으면 저는 엄마의 공허감에 희생되고 말 것입니다.

"이 편지에는 절실한 진실이 담겨져 있군요. 아드님께서는 지금까지 어머님이 만나 온 어떤 카운슬러보다 훌륭한 카운슬러였다고 생각합니다. 어머님이 여기에 씌여 있는 제안을 받아들이지 않았다는 사실이 안타까울 따름입니다."

편지를 읽은 나는 이렇게 말했다. 그러나 그 어머니는 빛 바랜 편지를 움켜쥐고는 편지의 조언을 받아들이는 것을 일관해서 거부하고 있었다. 또한 공의존 치료부터 시작하자는 나의 의견도 받아들이지 않았다. 내가 소개한 카운슬러와의 정기적인 면접 예약도 하지 않았다. 오직 나하고 접촉하기를 원하고 자주 전화를 했다. 그녀에게 가장 중요한 것은 나라는 정신과 의사였던 것이다. 게다가 조금은 세상에 이름이 알려진 의사가 좋다고 했다. 내가 입고 있는 옷이 좋은 것인지, 정말로 나를 필요로 하는 것인지 알 수가 없었다. 아마 그녀는 자신의 공의존을 치료하고자 하는 마음이 전혀 없었을 것이다.

❀ 부모의 기대

어떤 어머니는 아이가 라면을 뒤집어 씌웠다며 나를 찾아왔다. 밤늦게까지 공부하고 있는 고등학생 아들에게 라면을 갖다 주고는 뒤돌아보지도 않는 아들의 등에 대고 열심히 하라는 말을 하자, "이 이상 얼마나 더 하라는 거예요"라는 고함과 함께 갑자기 그릇째로 라면이 날아왔다는 이야기였다.

그때부터 아들은 어머니에게 폭력을 휘두르기 시작했다는 것으로 이상해진 아들을 치료해 달라는 것이 어머니의 요청이었다. 그 어머니는 자신이 아들에게 오랜 기간에 걸쳐 자행했던 폭력을 깨닫지 못하고 있었다. 자녀를 짓눌러 온 '부모의 기대'라는 보이지 않는 폭력을 행사했음을 말이다. 자녀는 부모가 환한 얼굴로 자신을 바라보기를 기대하며 살고 있다. 그렇게 보이지 않는 아이라도 마찬가지라는 것은 누구나 어린 시절을 돌아보면 알 수 있지만, 부모 역할에만 몰두하고 있는 사람은 이 사실을 까맣게 잊는다. 자녀에게 부모의 기대와 욕심을 떠안기고 부담스러운 시선을 던지는 것이 이 시대의 보편적인 부모의 자녀 학대이다.

게다가 현대 부모들의 기대라는 게 모두 비슷비슷한 목표를 지향하고 있다. 모든 부모가 좋은 성적을 바라고 있기 때문에 아이들도 천편일률적으로 성적제일주의자가 되어 일찍부터 가혹한 경쟁을 시작한다. 경쟁에서는 승자도 나오고 패자도 나오게 마련이며, 그중에는 아무리 노력해도 부모의 기대에 못 미치는 딱한 아이도 있다.

부모에게 라면을 뒤집어씌울 수 있었던 아이는 그렇게 하지 못하는 아이보다 차라리 낫다. 머리에 뒤집어쓴 뜨거운 라면 국물이 그들의 과욕을 깨우쳐 줄 수 있을지 모르기 때문이다. 안타까운 일이지만 부모의 학대에 거역하지 못하고 찌들어 가는 아이가 압도적으로 많다. 이 시대의 훌륭한 어머니들은 아이에게 헌신함으로써 아이를 정신적 불구로 몰아가고, 남편에게 헌신함으로써 남편을 과로사라는 늪으로 밀어넣고 있다. 이것이 우리 시대의 훌륭한 부모 자식 관계의 현실이니 웃지 않을 수 없는 일이다.

이런 종류의 헌신은 공의존이다. 이 개념에 대해서는 제2장에서 이미 다루었지만 여기에서 한 번 더 그 의미를 생각해 보자.

🌸 거짓된 친밀성

앞에서 설명했듯이 공의존의 핵심은 다른 사람에게 필요한 존재가 되어야 한다는 심리이다. 이것이 여러 과정을 거쳐 남편에게 폭력을 당하는 피학대 아내나 사춘기에 들어선 아이에게 폭력을 당하는 피학대 어머니를 만들어 낸다는 것이다. 이것은 나약한 여성에게 있어 생존 방식의 한 구체적 양상이기는 하지만, 기벽의 일종이므로 상대에 대한 권력과 지배의 문제를 낳는다.

생존 방식의 구체적 양상으로 드러난 것이 공의존이라면, 그것을 통해서 얻고자 하는 궁극적 목표는 친밀성이다. 이 둘은 쌍둥이처럼 아주 닮은 형상을 하고 있어서 상호 비교를 통해서 각자의 특징을 알 수 있다.

친밀성과는 달리 공의존은 1) 자기 중심성, 2) 불성실, 3) 지배의 환상, 4) 자기 책임의 포기 혹은 다른 사람으로부터의 비난에 대한 두려움, 그리고 이것들의 근본에 있는, 5) 자존심 결여라는 특성을 갖는다.

다른 기벽자의 경우와 마찬가지로 공의존자는 자존심이 거의 없다. 그래서 다른 사람의 비난을 극도로 두려워하여 자신의 감정은 부인하거나 감추려고 한다. 긴장감을 가지고 순탄치 못한 결혼생활을 참고 견디는 여성들은 거기에서 빚어지는 불쾌감에 적절하게 대처하지 못하고 있다. 분노나 불만을 그저 억누를 뿐이다. 이러한 불쾌한 관계에서 벗어나려 해도 타인이 왈가왈부하는 것을 두려워해 결국 헤어지지 못한다. 이것이 바로 자기 책임의 포기이다.

이처럼 살고 있는 사람들은 타인에게도 똑같은 형태의 배려를 기대하여 다른 나의 일과 역할에 대해 고마워하고 불만을 드러내서는 안 되며 나의 지배하에 있어야 한다'는 생각을 갖고 있다. 이러한 형태는 부모 자식 같은 관계에서 노골적으로 표현된다. 다시 말해 공의존적 인간관계에는 반드시 유리한 면과 불리한 면이 있다.

이처럼 자아와 타인의 구분이 명확하지 않은 세계관 속에서 살고 있기 때문에 공의존자는 타인의 감정과 자신의 감정을 명확하게 구분하지 못하는 자기 중심성의 병리를 가지고 있다. 공의존자는 상대의 침묵이나 불쾌한 표정에 불안을 느끼며 이런 생각을 하기 때문이다.

'내가 본의 아니게 저 사람에게 나쁜 짓을 한 게 아닐까? 원래부터 나에게 결함이 있는 것은 아닐까?'

정서적으로 아직 발달하지 않은 유아가 주위에서 일어나는 모든 사건을 자기 책임으로 느끼는 것처럼 성인 공의존자는 주위의 정서적 분위기에 빠져서 생활한다. 결과적으로 공의존자는 질투심이 강하다. 자신이 사랑하는 사람이 자신 이외의 사람에게 관심을 가질 때 그것을 받아들일 수 없다. 그들은 상대의 감정과 자신의 감정을 동일시한다. 그 때문에 상대가 다른 누구에게 호감을 갖는다고 느끼면 더 이상 자신을 아껴 주지 않을 것으로 판단해 버리고 만다. 이 점이 공의존자의 상대에 대한 집착과 지배욕을 강화시킨다.

친밀한 인간관계란 이와 같은 불안과 지배욕으로부터 벗어난 인간관계이다. 그것은 자연스럽게 멀어졌다 가까워졌다 할 수 있는 형태이며, 공의존과 같은 고정성을 요구하는 상태는 아니다. 자신의 감정에 성실한 사람은 항상 친밀한 관계를 기대하는 반면, 외로움의 감정 상태를 의도적으로 회피하려고 하지 않기에 무리하게 상대를 지배하거나 구속할 필요성을 느끼지 않는다. 상대가 따분하게 느껴지면 헤어지고 자신으로부터 멀어져 간 상대를 원망하지 않는다. 이러한 사람의 근본에는 자기 긍정의 감각이 있으므로 그들에게는 살아 있는 감정의 체험이 가능하고 대상이나 물질 자체에 연연하지 않고 생활 그 자체를 즐길 수 있는 능력이 있다.

공의존과 친밀성이 외견상 비슷해 보이는 것은 공의존자가 친밀성을 가진 사람으로 그럴듯하게 위장하기 때문이다. 공의존자의 이타성은 이미 설명했듯이 자기 중심성으로부터 나온다는 모순을 안고 있지만, 사회 곳곳에서 공의존적인 권력 사용을 친밀성이라는 의상으로 위장하려는 시도들이 넘치고 있다. 공의존자는 친밀하지 않은 사람 앞에서는 웃는 얼굴의 가면을 쓰고 친밀한 관계로 가장한다. 그리고 진실로 자신이 관심 있는 사람 앞에서는 우울한 자신을 표현하며 깊은 한숨을 내쉰다.

이를 반복함으로써 상대를 공의존적인 감정 속에 몰아넣고 또 한 사람의 공의존자를 만들어 낸다. 그리고 그 인물과의 사이에서 열쇠와 열쇠 구멍과 같은 견고한 공의존적 관계를 구축해 간다.

🌼 가정의 미래를 위한 살인

"어느 정도 남성에 순종하는 사람, 남성을 치켜세워 주는 사람, 자신은 바보라고 생각하는 사람이 아니면 결혼생활을 해나가기는 지극히 어려울 것입니다. 저처럼 아무 특징이 없는 여자는 결혼하더라도 어떻게든 살아가겠지만……."

어떤 책에서 한 여성이 자신을 표현한 글이다.

사내아이 셋을 키우면서 시부모를 모시고 살아온 전형적인 전업주부였다. 시부모와 같이 산다는 것은 짐작한 것 이상의 힘든 생활이었다. 결혼 이래 십 몇 년이라는 세월 동안 가족의 생활은 시부모의 방을 중심으로 영위되어 왔다. 그 방에서 식사하고 자녀를 키우며 단란하게 살아왔다. 기가 센 시어머니에게 순종하고 시아버지에게 극진히 효도 했기에 불평이나 싸움과는 거리가 멀었다. 그렇다고 진심으로 좋아서 한 것은 아니었다. 그 증거로 결혼 13년째되던 해 어떤 일을 계기로 시어머니가 노발대발 화를 내자, 그녀는 억울한 듯 "이만큼 참고 살아왔는데"라며 대꾸했다.

그것은 장남이 중학생이 된 지 얼마 지나지 않았을 때의 일이다. 그녀는 그때 부엌의 한쪽에서 자신과 장남이 함께 식사할 수 있는 조그만 식탁을 샀다. 학교의 클럽 활동 등에 참여하게 된 장남의 생활 리듬이 노인들과 맞지 않게 되었기 때문이다. 시어머니는 배달되어 온 식탁을 보고 "이젠 우리하고는 밥도 먹지 않겠다는 작정이구먼"이라며 며느리에게 비난을 퍼부었다. 바로 그때 "이만큼 참고 살아왔는데"라는 말을 했던 것이다. 화가 치민 그녀는 친정집에 돌아가려 했지만 시아버지의 진심 어린 사과로 분노를 겨우 가라앉았다.

이처럼 이 집안 사람들은 서로에 대한 분노로 계속 억눌려 온 상태였던 것 모양이다. 믿을 수 없는 일이지만, 그녀는 남편에게 불평 한번 해본 적 없으며 바가지도 긁지 않았다. 교사인 남편은 후배들과의 연구회나 학생들의 지도를 위해서 때때로 집을 이용하고 해서 어쩔 수 없이 많은 손님을 대접해야 할 경우가 있었다. 그런 때에도 언제나 웃으면서 손님을 맞았고 나중에라도 불만을 늘어놓은 적이 없었다.

"남편의 인격이 있어서 하찮은 일로 싸우지 않았습니다."

그녀의 말대로 이러한 이유로 이 집에는 가족들 간의 언쟁이나 폭력은 찾아볼 수 없었다. 있었다면 장남이 고집을 피우거나 반항적인 말을 할 때 교육상 남편이 아이를 때린 정도이다. 그럴 때마다 어머니는, 아이로 하여금 아버지에게 용서를 빌도록 했다.

장남은 음악가가 되겠다며 고교를 중퇴했고 그후 대입 검정고시에 합격하여 어느 사립 대학에 진학했다. 그러나 얼마 안 가서 대학마저 중퇴했다. 이런 일이 있을 때마다 남편은 장남에게 무엇을 하든 중퇴의 학력으로는 곤란하다며 설득하고 꾸짖어 번복시키려

했다. 이 어머니는, 남편의 의견이 옳다고 생각하여 함께 장남을 설득했다.

스물한 살에 대학을 중퇴한 장남이 두문분출하며 술을 마시고 자신에게 폭언을 하기 시작하자, 이 어머니는 아들이 이상해졌다고 생각하여 정신과 의사에게 상담했다. 어느 의사로부터 자기 사랑 인격장애나 퇴각 신경증이라는 말을 배워서는 그때부터 장남을 그런 시각으로 보았다. 아들은 정말 그처럼 행동하는 것 같았고 부모의 교육 방법이 나빠서 자기 인생을 망쳤다며 욕설을 퍼부었다.

자아 성장이 이루어지지 않은 장남을 떼어 놓기 위해 부부는 막내만 데리고 다른 곳으로 옮겨 갈 계획을 세우고 장남과 차남에게 설명했다. 이를 계기로 장남은 레스토랑에서 아르바이트를 시작했으나, 집에 돌아오면 부모에게 폭언을 하고 때려부수는 등의 난폭 행위가 한층 더 심해졌다.

시어머니는 장남의 문제가 일어나기 전에 돌아가셨다. 시아버지는 치매에 걸렸지만 며느리의 정성스런 간호 덕택에 장수하다 돌아가셨다. 이 어머니는 비로소 며느리의 입장으로부터 해방되었다. 그 직후 그녀는 장남의 살해를 남편에게 제안했다. 남편 또한 집안을 살리는 것은 자신들의 책임이므로 장남의 생명을 끊는 방법만이 가정의 미래를 다시 밝게 하는 길이라고 생각하고 있던 차였다. '자식을 죽여서 밝게 열리는 가정의 미래'란 과연 무엇인가에 대한 논의는 두 사람 사이에 없었다. 이때 역시 부부 사이에 갈등이나 말다툼 따위는 없었다.

두 사람은 부지런히 아들을 살해할 준비에 들어가 그녀는 날이 잘 선 식칼을 샀다. 남편이 자고 있는 장남의 가슴을 찌를 때, 그녀는 남편을 돕기 위해 장남감 총으로 장남의 머리를 내리쳤고 이 총은 산산이 부서졌다. 그리고 식칼 끝이 부러지자 부엌에서 새 식칼을 가지고 와서는 남편에게 건네주었다.

로봇처럼 헌신적인 현모양처는 이렇게 해서 아들을 죽였다. 겉으로 보기에는 냉혹하고 잔인하게 보일지 모르지만, 이 어머니의 행위는 자상한 배려의 결과였다. 자신이 범죄자가 되는 것조차 두려워하지 않고 자기가 낳은 아들의 생명을 신처럼 판정하여 거두어들임으로써 아들이 삶에서 겪는 고통을 해결해 주었기 때문이다.

이 불쌍한 청년은 1990년 대학을 중퇴하고 2년 후 5월에 부모에 의해서 살해당했다. 중퇴한 해의 6월 어떤 여성과 사귀기 시작했는데, 1개월 후인 7월에는 알코올 섬망에 의한 것으로 생각되는 혼돈 상태에 빠져 부모가 정신 병원에 데려갔다.

아마도 이때는 성적(性的) 불능에 대한 자각으로 인해 주량이 늘어난 것으로 보인다. 과음하는 사람의 대부분은 자신의 남자다움에 결함이 있다는 느낌을 가진다. 그래서 무의식적으로 만취를 통해 파워의 보강을 도모하지만 이런 과음이 더욱더 성적 불능을 초래하는 악순환을 만든다.

정신 병원의 진찰을 받은 지 1년이 지난 1991년 여름 여자 친구와 여행을 떠난 아들이 어머니에게 전화하여 자신의 성적 불능을 호소했다. 아들이 자신의 성적인 문제를 이성인 어머니에게 하소연한다는 것은 쑥스러운 일이지만, 이 청년에게는 어머니가 그러한 존재였던 것이다. 이 청년에게 어머니는 밤새워 만든 곡을 최초로 바친 대상이었다. 바꾸어 말하면 이런 남성에게는 이성을 성적인 대상으로 삼는 것 자체에 무리가 있다.

성적 불능에 대한 호소를 들은 어머니는 아버지에게 의논했고 그 아버지는 그것이 정신적인 문제라는 것을 바로 알아챘다. 아들이 고등학생일 때 방에서 나온 티슈를 보고 아들의 자위 행위를 눈치채고 있었기 때문이다.

이 사례에서 알 수 있는 것은 소위 건전한 가족 내에서 각자가 자신만의 영역을 지키기는 어렵다는 것이다. 각자 다른 가족의 기분을 민감하게 통찰하고 그 기대에 따라 움직이게 되며, 그러한 사람은 당연히 타인도 그렇게 해줄 것을 기대한다. 서로가 서로에게 필요한 사람이 되고자 하는 바람에 의해 개인의 분노와 욕구는 억압되고 누적되어 간다.

상담을 받은 아버지는 "한 번만 성공하면 낫는다. 네 경우는 자의식 과잉이니 초조해 하지 말고 독서하거라"라고 충고했다. 그리고 의사를 찾아가라는 말도 잊지 않았다. 독서하라는 말은 무슨 뜻으로 한 말인지 나로서는 알 수 없었다. 의사를 찾아가라는 말을 들은 아들이 나에게 왔더라면 잘못 찾아왔다고 했을 것이다. 하지만 '그럼 어떤 문을 두드려야 하지요?' 하고 물었다면 대답해 주었을 것이다.

현대의 젊은이들은 주로 이런 문제를 안고 있다. 그들은 대다수가 여기에서 언급한 청년과 같은 건전한 가족 속에서 자라난 초등학교 수재들이다. 이 수재들은 부모의 관심을 집중시키는 데에는 성공한 대가로 일류 학교에 진학해서 고생하게 된다.

그들에게 있어 부모의 실망한 얼굴을 보는 것만큼 무서운 일은 없으며, 여기서 벗어날 수 있는 사람은 극히 소수에 불과하다. 평범한 성적을 기록한 일부 학생은 평범하다는 것을 두려워하여 음악이나 스포츠로 활로를 찾는다. 다른 학생들은 급우들과의 승부 생활에 지쳐서 방에 틀어박히거나 극단적으로 거식증이나 과식증에 걸린다. 병을 앓는 것이 평범하게 지내는 것보다는 견디기 쉽기 때문이다.

열등감에 대한 공포

음악을 하는 젊은이들은 외국의 음악가들이 상용하는 것으로 알려진 대마초나 코카인에는 접근하기 힘들지만, 시중에서 판매하는 진해제나 진통제는 쉽게 구할 수 있다. 도저히 약물을 사용하지 못하는 사람들에게는 알코올이 있다. 그 때문에 내 주위에는 약물 의존증 청소년이 많이 있다. 방에 틀어박힌 청년이나 식사 문제(과식증 · 거식증)를 안고 있는 소녀의 경우에는 그들을 대신해서 부모가 상담하러 오는 경우가 많다.

음악을 하면서 약물을 사용하는 청년들은 양복에 넥타이를 맨 평범한 샐러리맨, 자신들의 아버지나 친척 등 판에 박은 사고와 일에 젖어 생활하는 평범한 사람들을 경멸하는 시선으로 바라본다.

이들 청년 남녀는 주변의 사람들과 다른 자신을 연출하기 위해서 열심히 위장하나 그 마음의 밑바탕에는 강한 열등감과 초조감이 자리잡고 있다. 부모의 기대에 부응하기 위한 성공에 대한 초조감이다. 이들 가운데 한 청년은 알코올 섬망으로 찾아간 병원의 의사에게 이런 말을 했다고 한다.

"어떻게든 성공해야 하는데 내 몸만 망쳐 버린 것 같습니다."

그들, 특히, 음악을 하는 청년들 중에는 화려한 이성 교제를 하고 있는 사람이 많은데, 실제로 그들이 성생활을 잘하고 있는가 하면 반드시 그렇지만은 않다. 대다수는 성적 불능을 호소한다. 이것은 그들의 열등감과 대인 공포, 그리고 그것을 은폐하기 위한 탈세속적 태도가 원인이 되기도 한다.

이런 사람 가운데 몇 몇은 연상의 여인들과 섹스를 통해서 놀랄 만큼 태도가 바뀌었다. 어떤 사람은 포경이었지만 자신의 페니스는 껍질에 덮인 채 겨우 신체에 붙어 있다는 환상에서 벗어나지 못하고 있었다. 그가 어떤 연상의 여인과 섹스했을 때, "아야!"하고 절규하여 상대를 놀라게 했지만 자신의 페니스는 몸에서 떨어지지 않고 붙어 있음을 깨달았다. 오랫동안 집에만 있던 그가 사회생활을 시작한 것은 그때부터였다.

폭력과 폭언의 메시지

공의존 가족의 '자상한 폭력'에 억눌려 있는 자녀가 자아를 찾는다는 것은 힘든 일이다. 그들의 폭력은 그러한 간접 폭력에 대한 반발인 셈이지만 여기에는 두 개의 경로가 병존하고 있다. 이것은 아직 세상에는 알려지지 않은 것이므로 조금 상세하게 설명해 보자.

부모의 기대에서 어긋나고 있다고 생각하는 단계에서 자녀는 강렬한 자책감에 사로잡히게 된다. 이것은 심해지면 자기 처벌 파라노이아(과대망상 편집병)라는 단계까지 갈 수 있는 위험한 것이다. 자기 처벌 과대망상을 설명하기 위해서는 정신분석에서의 무의식에 대해 설명해야 하는데 여기에서는 생략하겠다. 다만 인간은 스스로를 처벌하려고 하는 비합리적인 충동에 사로잡히는 경우가 있다는 사실을 강조하고자 한다.

구체적으로 과식증 소녀들에게 자주 보이는 도벽이 여기에 해당한다고 볼 수 있다. '절도→체포→처벌'이라는 연속 과정에서 핵심이 되는 것은 절도가 아니라 체포되어 처벌받는 것이므로 소녀들은 체포될 때까지 계속 훔친다. 이 경우 훔친 가게의 주인이나 경찰에 불려 가 부모로 하여금 굴욕을 느끼게 함으로써 소녀들의 복수심은 충족된다. 자기 처벌 과대망상은 자신을 궁지에 몰아넣고 부모에게 처벌받는 것을 필연으로 하는 수도 있다.

아들이나 딸의 폭력이나 폭언을 당하고 있는 부모들은 그들로부터 메시지를 부여받은 것이다. '자, 나를 제발 죽여 줘요'라는 메시지이다. 그러나 대부분의 부모는 이런 유혹에 넘어가지 않는다. 유혹에 빠지지 않고 해결할 수 있는 방법을 필사적으로 찾지만, 부모 자신들의 변화가 해결의 유일한 길이라는 사실을 깨닫는 사람은 아쉽게도 극소수에 불과하다.

원망의 감정

자녀가 난폭하게 굴게 되는 또 다른 경로는 이미 제5장에서 서술한 '졸라대기'와 '인정'을 내용으로 하는 경로이다. 사춘기에 들어선 아이는 여러 가지 요구, 즉 돈을 달라거나 유학을 보내 달라거나 하숙을 시켜 달라는 따위의 요구를 하기 시작하는 것이다. 대개는 사춘기 시절 사회화 과정에서 좌절을 체험할 때 이런 현상이 시작된다. 그때까지 분명한 욕구의 표출을 삼가던 아이, 이른바 착한 아이가 요구하기 시작하는 경우가 많기 때문에 부모는 놀랄 수밖에 없다.

아이가 계속해서 요구하는 5만엔을 3만엔으로 낮추려는 교섭 과정에서 폭력이나 폭언이 튀어나오는 경우가 있다. 앞에서 설명한 자포자기의 기분에서 자신이 자기 처벌의 감정에 빠지게 만든 것이 부모라고 생각하기에, 부모에게 원망의 감정이 가득 차 있어 폭언과 폭력이 나타나기 쉽다. 결국 부모가 아이의 요구를 들어주게 될 때가 많지만, 소동은 그때부터 더욱 크게 일어나는 것이 보통이다.

앞에서 말한 것처럼 부모와의 교섭에서 얻은 충족은 아이에게 원한의 감정을 수반한다. 그것이 다음 요구의 불씨가 되고 요구에서 얻은 충족이 또한 원한의 불씨를 크게 하는 악순환이 생기기 때문이다. 또 부모는 당혹하여 아이와의 관계 자체를 단절하는 심각한 위기를 초래한다.

이 경우 아이가 진정으로 원하는 것은 요구 하나하나의 충족이 아니라 자신의 존재 자체에 대한 인정인 것이다. 갓난아기가 우는 소리를 듣고 아기의 욕구가 무엇인지 알아채는 어머니처럼 사춘기 아이들은 그들만의 행동을 통해 '나를 지켜보아 주세요' '나를 안아 주세요' '있는 그대로의 나를 사랑해 주세요' 라는 메시지를 알아 주기 바라며 부모에게 보내고 있는 것이다.

아들을 살해하고 만 건전한 가정의 경우, 그 아들의 반항 행동은 단지 부모의 꾸중과 설교와 한탄을 낳았을 뿐이다. 아버지의 상투적인 교사 식 훈계에 진절머리가 난 아들이 마침내 아버지에게 "당신 생각을 듣고 싶은 거야!"라는 폭언을 서슴지 않았고, 이 말은 결정적으로 아버지로 하여금 아들의 살해를 결심하게 만들었다.

무의식이라는 의식

　인간은 자신의 행위를 여러 가지 그럴 듯한 말로 설명하지만 행위의 진정한 이유에 대해서는 깨닫지 못한다. 우리는 뭐가 뭔지 모른 채 결혼하고, 사소한 일로 울컥해서 타인에게 화를 내는 것이다. 예를 들어 그것이 주도면밀하게 계산된 행위처럼 보이더라도 그 사람이 의식하고 있는 것과 행위의 진정한 동기 사이에는 상당한 괴리가 있는 것이 보통이다. 이 괴리를 '거짓' 이라 부른다면 의식 자체가 거짓의 형태로밖에 나타나지 않는다고 보아야 할 것이다. 이처럼 의식되지 않는 또 하나의 의식, 즉 무의식이라는 것의 존재를 생각하지 않을 수 없다.

　무의식에 대해서 언급하는 것은 가급적 피해 왔으나 최소한의 언급이 필요할 것 같다. 여기서 말하는 '무의식' 이란 '심장이 의식하지 못하는 사이에 움직이고 있다' 고 할 때의 무의식이 아니다. 또한 나중에야 의식이 되어질지 모르는 잠재적 의식을 가리키는 것도 아니다. 의식이라는 언어 및 표상(表象)의 체계로부터 억압되어 결코 의식되지 않는 또 하나의 언어를 가리킨다.

　'무의식이라 부르는 의식' 은 의식되어지는 적이 없는 대신 그 사람이 반복하는 행동, 이를테면 착오, 실언, 배우자나 직업의 선택, 반복하는 폭력이나 범죄나 성도착, 각종 의존증 등을 통해 나타난다. 다시 말하면 그것은 '또 하나의 언어'인 셈이다. 정신 분석이란 이런 종류의 무의식을 취급하는 치료 기법이다.

그러면 언제 무의식이라는 언어가 생기는가?

어떻게 보면 그것은 의식 및 언어의 발생과 함께 시작되는 것 같다. 유아의 언어 발생을 보면 알 수 있는 것처럼 언어는 서서히 시작되기보다는 어느 날 갑자기 시작된다. 정신 분석에서는 이 시기를 '어머니의 부재'를 통해 '어머니가 존재한다'는 환상이 생기는 시점에 두고 있다. 말하자면 어떤 사람이 존재를 '1로', '부재 0'으로 보는 이진법식 세트로 인식할 수 있는 세계관을 가지게 될 때 언어가 시작된다. 그리고 그때에는 '무의식의 수리(受理) 접시'가 준비된다.

언어가 부재의 인식과 밀접하게 관계되는 것은 언어를 갖지 않은 동물은 '무엇을 하지 않는다'는 부정의 메시지를 전달하지 못하는 것을 보면 알 수 있다. 예를 들어 4마리의 개가 다른 1마리의 개에게 '우리는 너를 물어 죽이지는 않는다'고 하는 부정의 메시지를 전달하려고 한다면, 몇 번이고 물어서 그래도 상대를 죽이지 않는다고 하는 행동으로 호소할 수밖에 없다.

'책상 위에 사과가 없다'는 언어는 우리에게는 충분한 메시지가 되지만, 그것을 그림 따위의 이미지로 나타내려고 한다면 곤란하다. 아무것도 없는 책상을 그리면 그것은 책상을 그린 것에 지나지 않는다. 그곳에 사과가 없다는 것을 나타내기 위해서는 책상 위에 사과가 있는 그림을 하나 더 그려서 대비시켜야 하는데, 이렇게 두 개의 그림으로 무엇인가를 호소한다면 그것은 이미 그림을 이용한 언어인 것이다.

반면에 이미지 자체는 언어가 아니다. 이미지는 공간을 채워버리는 부재(결여)를 포함하지 않는다. 제로(부재)가 없는 하나의 세계이다. 그림에는 색깔이나 모양의 차이는 있으나 대비는 없다. 언어를 가지기 이전의 세계관이란 이러한 것이다.

그렇다면 왜 무의식이라는 언어가 필요하게 되는 것일까?

이것을 설명하기 위해서는 개체 보존 욕구와 성욕구(리비도)라 하는 두 가지 욕구(프로이트는 본능이라고 한다)의 대립에 대해서 이야기해야 한다.

정신 분석학을 배우는 사람은 지금부터 내가 설명하는 것을 보고 의아하게 생각할지도 모르겠다. 내 생각은 때때로 프로이트나 라캉의 교재 내용에서 벗어나 있으므로 당연한 일이다.

개체 보존 욕구는 기아→섭식과 같이 개체의 생명 유지에 필요한 욕구를 채우는 것이다. 이에 비해 성욕구가 지향하는 것은 다음 세대에 자손을 남기고 인류의 종족으로서 살아남는다는 것이다. 이는 개체의 쾌적한 삶의 유지와는 무관하며 DNA로부터 유래한다. '너희는 성적으로 성숙하면 성교하여 자손을 남겨라' 하고 명령하는 비정한 추진력이다. 그렇기 때문에 이 두 가지 욕구는 기본적으로 대립한다.

개체 보존욕구가 개체의 연명과 쾌적을 기대하고 있는 데 비해, 성욕구는 인류라는 종족의 DNA를 차세대에 전하는 것을 목적으로 하며 그 사람이 어떤 개성이나 가치관을 가지고 있는가 와는 전혀 상관없다.

인류가 인간이 될 때 그는 이름을 가지며 다른 사람을 이름으로 부르고 서로에게 사소한 것까지 관심을 갖게 된다. 다시 말해 서로의 개성을 인식하고 그 안에서 명예 곧 인정을 얻으려고 한다. 그러나 종족의 보존이라는 측면에서 보면 이런 것은 아무 의미가 없다. 만물의 영장임을 자처하는 인류의 DNA가 하등 동물의 DNA보다 가치가 있는 것도 아니다.

애초부터 인류(호모 사피엔스)라는 종족, 한 개체에 불과한 인간이 이름을 가지면서 개성을 주장하는 것에는 무리가 따르며, 이것이 인간에게 인간만의 비극을 초래한 것이다.

❀ 나르시시즘

이제 무의식에 대해서 알아보자. 유아에게 있어 기아의 해결이라는 욕구가 수유에 의해 충족되면 그 충족은 기억으로 남고 그 기억은 다시 욕망을 만든다. 인간은 원래 자궁 안에서는 부족함 없이 충족되었기 때문에 개체 보존 욕구는 이 상태를 지향하여 돌아가려는 것이다. 이런 태아화와 욕망은 성적 성숙을 향한 성욕구와 대립하므로 억압되며 이 억압이 원초적 축출(무의식의 수리접시)이 된다.

그 이후 성욕구의 억압을 받은 욕망은 이런 모든 수리 접시에 담겨 무의식의 체계를 만든다. 한편 개체 보존에 유용하며 동시에 성욕구의 억압을 받지 않는 욕망은 의식을 만든다.

태아화를 이미지로 그린다면 어머니의 젖을 입에 문 유아가 될 것이다. 이때의 유아는 탯줄로 모체와 연결되어 있는 태아와 가장 가까운 상태가 된다. 그러나 성장하면서 이윽고 어머니의 젖은 사라져 간다. 거기에는 어머니의 젖이 빠진 입만이 남는다. 이것이 '부재와 결여'의 이미지이며 '상실'이며 '제로'인 것이다.

이 상실을 욕망의 기억 곧 환상으로 메우는 것에서부터 인간의 정신 활동은 시작된다. 환상은 어머니의 젖으로부터 모체로, 나아가서는 어머니라는 개성을 가진 인물에게로, 더 나아가서는 또 다른 낯선 인물로 이행하고 바꿔치기 된다. 이 치환의 연속은 한 사람의 인간에게는 그만이 가진 하나의 계열을 만든다. 그리고 이 계열이 그 인간의 개성, 즉 인격이다. 그러므로 우리의 정신 활동은 자궁 안의 태아로부터 벗어나는 순간 시작되는 부족과 결여 속에서 전개된다. 우리는 결여가 채워지는 환상에 사로잡히기도, 채워지지 않는 것에 대해 피해망상을 느끼기도 하며 마침내 결여의 존재를 받아들인다.

'결여를 받아들이는 것'은 모체라는 존재와의 영구적인 밀착(태아화)의 단념을 의미한다. 이것이 정신 분석학에서는 '거세'(상징적 거세)라고 부른다. '거세=부재'의 관계를 깨달은 이후부터 우리의 정신 활동은 오히려 언어(의식과 무의식)를 매개로 행해지게 된다.

이러한 언어적 상징 세계에 발을 내딛는 것에 의해 처음으로 '남자 대 여자'라는 대비 — 차이가 아니다 — 의 인지가 가능하게 되고 자기를 남자 내지는 여자로 위치짓는 것이 가능해진다. 여기까지 도달하지 못하면 이성에 대한 사랑의 세계는 열리지 않는다. 언어적 상징 세계로의 도약의 실패는 이미지 세계로의 고착을 초래한다. 그곳에는 자궁과 같은 환경 속에서 포옹받는 자신의 이미지가 언제까지라도 유지된다. 이것이 나르시시즘이다.

앞에서 이야기한 건전한 집이 구축하고 있었던 것은 나르시시즘을 보존하는 자궁과 같은 환경이었다. 살해한 부모도 살해당한 아들도 이 자궁의 안에서 동거하고 있었다고 생각된다.

자상한 살인

결여를 받아들이는 데에는 다양한 단계가 있다. 받아들임의 최종적인 단계에는 하나의 비극적인 이미지가 그려진다. 결코 충족될 수 없는 결여감 때문에 고독의 고통을 안고 의지할 곳 없는 여행을 계속하는 노인의 이미지이다.

예를 들어 스스로 두 눈을 빼고 맹인이 되어 성 밖으로 추방의 벌에 처해져서 테바이의 성문으로부터 비틀거리며 사라져 가는 오이디푸스 왕의 뒷모습의 이미지다(오이디푸스 콤플렉스). 오이디푸스는 어머니와 근친상간의 죄를 아폴로에게 지적받고 스스로를 처벌했다. '규칙=죄'는 사람의 도리로서 고대로부터 면면히 이어져 내려오고 있으며 왕의 권력과 영광도 사람의 도리 앞에서는 아무 도움이 되지 않는다. 때문에 이것은 신으로부터 유래하는 것이다.

물론 오이디푸스에게도 구제는 있다. 결국 죽음과 해체가 찾아들어 고통에 가득 찬 개체 보존의 노력은 끝나게 된다. 오이디푸스라는 이름의 명예와 죄는 그와 같은 부류의 사람, 말하자면 일부러 자신의 이름을 밝히고 타인의 이름을 부르고 자신의 개성을 가지려고 하는 사람 사이에서만 기억된다. 이것이 프로이트가 제시한 사람에게 성숙의 도달점이다.

건전한 가정의 아버지는 그 사건 후 감옥에서 학교의 동료에게 몇 통의 편지를 보냈다고 한다. 아들을 살인함으로써 이 아버지는 직장과 명예와 좋은 아버지의 이미지를 상실했다. 아마도 지금은 그의 나르시시즘에 있어서 최후의 보루였던 '아버지의 의로움'이라는 명분 또한 상실했을 것이다. 그는 지금 거세되어 성숙의 최종 단계에 도달하는 기회를 맞이하고 있다.

살해당한 아들의 어머니는 더 어려운 상황을 맞이하고 있을 것이다. 그때까지의 공의존적 환경은 잃어버렸지만 그녀에게는 좋은 어머니, 좋은 아내로서의 긍지가 여전히 남아 있을 수 있다. 무엇보다 그녀는 장남을 미래의 고난으로부터 구제하며 막내의 미래 화근을 뽑아 버린다는 현모(賢母)의 역할을 수행하기 위해 '자상한 살인'을 자행한 것으로, 의로움을 위해서 자기 아들을 살해하고자 한 남편을 격려하며 돕는 양처(良妻)의 역할을 다해 냈기 때문이다. 그녀에게는 앞으로도 비탄에 빠진 남편을 받들고 남은 자녀들의 생활에 언제까지나 관여한다는 역할이 남아 있다.

그녀는 이러한 역할에서 벗어날 수 있을까? 역할을 벗어던지고 자기를 직시할 수 있을까? 그때 느껴지는 공허함과 외로움을 극복할 수 있을까?

9 또 하나의
내가 보일 때

세련된 폭력

이 책에서 남성은 본질적으로 폭력적인 존재라고 단정하려 한다. 그러면 남성이 지배하고 있는 사회가 지금 어떠한 상황에 처해 있는가를 간단하게 살펴볼 필요가 있다. 먼저 폭력에는 동물의 분노와 같이 다듬어지지 않은 그대로 드러나는 폭력뿐만 아니라 좀 더 세련된 형태를 취하는 폭력이 있다는 점에 주의해야 한다.

정신분석학은 폭력보다 공격성을 주로 다룬다. 폭력에 대해서는 '개인이 생존을 걸고 전략적·전술적으로 타인과 싸우는 파괴적인 운동 행위'라는 정의가 있다. 요컨대 폭력이라는 말은 의식과 쉽게 결부되기 때문에 무의식을 연구하는 정신분석의 대상이라고 보기 어렵다는 것이다.

공격성은 물론 폭력성을 내포하지만 비아냥거림이나 야유 등과 같은 추상적인 형태가 있는가 하면 사보타지, 도움의 거부 등과 같이 수동적인 형태를 취하는 것이 있다. 심리분석 치료 중에 볼 수 있는 저항과 같은 것은 공격성의 표현이다.

특히 남성의 폭력성을 문제시할 때 반드시 언급되어야 하는 것은 폭력의 전략적이고 전술적이며 정치적인 측면이다. 성인이 어린이에 대한 또는 남성이 여성에 대한 압박이나 권력 행사란 면밀하게 계산된 의식적인 폭력을 말하며, 그 세련된 형태에는 이미 폭력의 피비린내는 없다.

오래 전부터 폭력은 인간관계를 지배하는 도구로 자주 사용되어 왔다. 이런 종류의 '지배 수단으로서의 폭력'은 가족 내에서 학습된다. 아내나 파트너를 폭력으로 지배하는 대다수의 남자들은 폭력적인 아버지가 어머니를 폭력으로 제압하는 것을 보아 온 사람들이며, 본인도 아버지의 폭력을 당해 온 피학대 아동으로서의 과거를 갖고 있다. 또한 피해자인 아내들의 대부분 역시 가정에서 아버지의 폭력에 제압되는 어머니를 보며 성장해 왔다. 다시 말하면 기벽적으로 반복되는 폭력적 인간관계에서 가해자도 피해자도 자신이 성장한 가족에게서 부모가 보여 주었던 역할 관계를 자신들의 가족에게 되풀이하고 있는 것이다.

제도로서의 혼인은 남성의 육체적·경제적 우위를 전제로 한 남성에 의한 여성 지배의 한 형태라는 시각이 있다. 나는 최근 충분히 그럴 수 있다고 동감하고 있다. 가족의 권력 구조는 가족이 소속되어 있는 공동체나 국가의 권력 구조와 비슷한 형태를 취하고 있으며, 어떤 곳에서나 폭력은 인간 집단의 통합과 통제를 위한 유효한 수단이 되어 있는 것 같다.

인간은 이러한 폭력 장치 속에서 태어난 어린 시절을 거치며 예절 교육이라고 불리는 통제와 훈련을 받는데, 폭력이나 위협이 그때에도 직간접적으로 동원된다. 특히 남자 아이에게는 투쟁과 경쟁이 강요되어 승자를 칭찬하고 패자를 질책하는 지혜를 모아 왔다.

❀ 사회적 상품 가치

직접적이고 물리적인 폭력은 가시적인 파괴를 동반하고 그 복구에 많은 노력을 기울여야 한다. 이러한 에너지 소모를 피하기 위해 근대 사회는 인간관계의 전반적인 측면에서 직접적인 폭력을 추방하는 방향으로 나아가고 있다. 지배와 통제는 더욱 세련된 심리적 기술과 정보의 조작을 이용한 공포의 내면화, 즉 내적 성찰에 의한 자기 관리에 의해 행해진다. 학살과 고문은 줄고 그만큼 사회를 구성하는 개인의 자기 관리 능력이 커졌다. 직접적인 폭력에 의한 관리를 상징하는 감시탑이나 본보기 성격을 띠는 형벌이 모습을 감춘 대신 현대인은 각자의 마음속에 자기 감시 장치와 형벌 장치를 갖고 있다.

그 결과 사람들은 타인에게 좋은 사람, 무해한 사람이라는 인식을 심어 주기 위해 노력하게 되었다. 우리 사회는 특이할 만큼 발달된 시장 사회이기 때문에 한 사람 한 사람은 남이 평가하는 자신의 '상품 가치'를 의식하도록 되어있다. 이를테면 타인에 의해 좋은 평판을 받는 사람이란 그 인물을 파는 상품으로 간주했을 때 우수한 제품을 의미하는 것이다.

우리는 언제나 자신이 시장에서 상급품인가, 중급품인가, 하급품인가 혹은 불량품인가를 염두에 두며 생활하고 있지만, 이러한 자기 사정(自己査定)이라는 고통스러운 작업을 가급적 생각하지 않으려 한다. 이런 부인은 감정을 둔하게 만든다. 괴로움을 괴롭다고 느끼지 않으려는 가운데 기쁘다는 감정 또한 담담하게 처리하려 한다.

정신과 의사가 된 지 얼마 되지 않은 20여 년 전 대학 병원에서 신경과 외래 환자를 담당하고 있을 때, '인간은 모두가 가면을 쓴 것 같은 얼굴을 하고 있구나' 하고 생각했던 적이 있다. 지금도 거리에서 지나치는 사람, 전철에서 마주보고 앉아 있는 사람을 보면 모두가 똑같은 표정을 하고 있다는 느낌을 갖는다.

남에 의해 평가되어지는 상품으로서의 기능만 강조되어 감정이 억압되고 둔해질 때 그 종착역은 인간의 로봇화밖에 없다. 타인의 가치에 준거하여 자신의 가치를 판단하는 태도는 공의존일 수밖에 없다. 즉 로봇화는 공의존에 의해 맺어진 인간관계가 처음으로 사회에 적응하게 되는 생존 방식인 것이다.

이와 같은 사회는 '기벽화 사회'라고 불릴 수 있는데 일반적으로 '정신 장애가 없는 건강한 사람'으로 여겨지는 사람들의 대다수는 샐러리맨다운, 교사다운, 아버지다운, 남자다운, 아이다운 역할을 로봇처럼 수행하고 있다.

현모양처라는 로봇

로봇화된 여성들 중 두드러진 유형은 전통적으로 가치 있는 상품으로 인식되어 온 현모양처 로봇이다. 이들의 공허함을 지적하고 그 내면을 채워 가는 작업은 지극히 어렵다. 그러나 이 작업은 중요하다. 왜냐하면 그녀들이야말로 차세대의 로봇화에 가장 큰 기여를 할 수 있는 위치에 있기 때문이다.

앞 장에서 서술했듯이 사춘기 자녀들이 부모에게 가하는 폭력은 현모양처 로봇이 인간성을 회복할 수 있는 귀중한 계기가 될 수 있다고 생각한다.

현모양처 로봇이 만연되어 있을 정도로 현대 여성들은 아직 해방되지 않았고 강하지 못하다. 오히려 여성의 가치 — 물론 타인, 즉 남성이 가격을 붙이는 — 가 갈수록 획일화되는 것처럼 보인다. 남성이 만들어 내는 여성을 위한 상품 광고는 자연 그대로의 여성은 냄새나고 지저분하다고 호도하고 있다. 이러한 광고 영상에 등장하는 여성들은 놀라울 정도로 획일적이며, 무엇보다도 남성에게 잘 보이려고 전통적인 여자다움을 애교스러운 표정과 목소리나 몸짓으로 표현하고 있다.

이런 사회 현상을 보면서 『결혼의 기원』에서 밝힌 헬렌 피셔의 주장을 떠올리게 된다. 피셔에 의하면 현대 여성은 일정한 발정기를 잃어버리고 언제나 발정하고 있는, 특히 호색한 호미니드의 DNA를 계승하고 있다. 이 여성 호미니드는 남성을 성적으로 유혹할 뿐 아니라 보호를 유도하는 데에도 상당한 능력을 갖추고 있었다. 유아적 소아적 특징을 지닌 여자는 그렇지 못한 여자보다 남자의 보호를 받기 쉽고 자손을 남기는 능력이 높았을 것이다. 이런 측면에서 현대 여성의 특징, 즉 여자다움의 특성에는 자그마함과 나약함, 어린이보다 높은 목소리와 애교스러움 등 기본적으로 표현되는 부분이 있다.

현대인은 사바나 초원에서처럼 필사적으로 생존 경쟁에 매달리지 않기 때문에 이러한 성적 특성에 지나치게 집착할 필요가 없지 않을까 생각한다. 좀 더 다른 형태로 여성의 매력이 서서히 발달되어 왔을 테지만 그것이 무엇이냐고 묻는다면 나로서도 구체적으로 대답할 도리가 없다.

어찌되었건 현재의 광고 속에 만연하고 있는 여성상이 아직도 어느 정도의 경제적 효과를 높이고 있다는 것은 재미있는 일이다.

✿ 성인 남자 본연의 모습

이상에서 서술한 내용을 전제로 자신은 지극히 '보통 남자'라
고 믿고 있는 성인 남자 본연의 모습을 찾아보자.

이 경우 먼저 고려해야 할 점은 우리 사회에서 건전하다고 평가
하는 모범 가족 중에서 자라난 남자들의 대다수가 앞장에서 서술
한 것처럼 모자일체(母子一體)의 나르시시즘의 세계에 살고 있는
사실이다. 사춘기에 들어서면서 '어머니의 착한 아이'들은 어머니
의 파르스(상징적 페니스)를 단념하는 아픔을 겪으면서 자신의 파
르스를 키우는 작업에 들어가야 하는데, 소수 핵가족화가 되어 있
는 현재의 가정에서 이 작업이 쉽지가 않다는 데에 문제의 심각성
이 있다.

그 결과 대다수 남자들은 아이의 모습 그대로 표면적으로 남자
다움을 추구하는 힘겨운 삶을 영위하는 경우가 많다. 세상에서 말
하는 남자다움의 기준에 따라서 그들은 근육의 힘을 키운다든지
지적·성적 능력으로 자신을 무장한다. 알코올이나 약물(일반인은
손에 넣기 힘든 비합법적인 것이 대부분이다), 자동차, 총기나 칼, 학
력, 보통 사람은 모르는 프랑스 철학자의 이름 등이 그들이 추구하

는 남자다움의 아이템이지만 이런 종류의 아이템 수집에는 끝이 없다. 이러한 행동의 근본에는 타인, 이를테면 어머니를 포함한 이성이 자신을 인정해 줄 것인가에 대한 한없는 불안이 있기 때문이다. 따라서 이러한 노력이 너무 괴로워서 사회로부터 잠적해 버리거나, 가출하는 남성이 늘어나고 있다고 한다.

과로사 예비군

그러나 사회는 성인 남성으로 하여금 어머니를 대신할 수 있게 하는 새로운 조직을 만들어 놓았는데, 그것이 바로 직장이다. 더이상 어머니에게 의존할 수 없게 되었을 때 남자들은 새로운 '어머니'라 할 수 있는 직장에 안겨 살고자 한다. 그들은 직장을 자기 자신과 동일시하게 되며 자신이 항상 뭔가를 하지 않으면 조직이 자신에게서 멀어져 버릴지 모른다는 불안감을 안고 있다. 이러한 관계는 모자간의 관계와 비슷하다. 아이는 어리면 어릴수록 자신과 엄마를 동일시하고 눈앞에 보이지 않으면 엄마가 사라져 버리지 않나 하는 두려움을 갖는다.

기업 내에서 일중독에 걸린 사람이나 과로사 예비군으로 불리는 사람은 이런 타입의 사람을 가리키는 것이지, 자신이 설정한 목표를 향해서 타인을 제치고 나아가는 자신만만한 영웅주의자는 아니다. 오히려 상사에게 순종하고 동료를 배려하며, 실수를 저질러 타인에게 폐를 끼칠까 두려워하는 지나치게 소심하고 착실한 사람이 많다. 이런 사람이 다른 사람보다 일찍 귀가하지 못하는 한편으로는 가족의 기대를 저버리지 않도록 지나치게 노력하나, 결국 쓰러져 가는 것이 기업 내에서 일어나는 과로사의 현실이다. 동료와의 선의의 경쟁에서 이기고 목표 달성의 쾌감에 취해 쓰러진다기보다는 직장의 따뜻함과 편안함으로부터 혹시 이탈될지도 모른다는 불안으로 인해 지나치게 일하다 쓰러지는 것이다.

이러한 남자들이 극도로 지쳐서 귀가할 때 그를 따뜻하게 맞이하고 잠깐의 휴식을 취하게 하여 다음 날 다시 회사에 내보내는 역할을 하는 아내 역시 마찬가지로 세상 사람들이 기대하는 아내의 역할을 잘해야한다는 강박관념과 불안 속에서 별다른 만족을 느끼지 못하면서 아내의 역할을 지속한다.

아내는 헌신적인 아내로만, 남편은 지나치게 일만 하는 남편으로 존재한다는 점에서 이들 두 사람은 공의존이라는 이름의 기벽적 인간관계에 있다고 볼 수 있다. 이러한 부부 관계가 가장 보편적이고 노골적으로 나타나는 곳이 회사 등의 사택인데 이곳에 사는 자녀들 가운데 섭식 장해나 약물 남용에 빠지는 아이가 많다는 점이 그 사실을 뒷받침해 주고 있다.

지금까지 설명한 것처럼 일중독에 빠진 회사원이 일을 지나치게 열심히 했다고 우리 사회가 옛날보다 훨씬 살기 좋아진 것일까? 반드시 그렇지만은 않은 것 같다. 은행원이나 증권회사 직원이 열심히 일할수록 땅값은 상승하여 우리의 '내집 마련'의 꿈이 사라져 간 것이 바로 최근의 일이다.

진정한 가족

현재를 살아가는 남성의 경우 30대까지는 직장과 가정에서의 위치를 확고히 하기 위한 과잉 적응의 시기에 해당하고, 이것이 파탄에 이를 때까지는 내적 위기를 경험하지 않는다. 특히 샐러리맨의 경우 자신을 직장과 일체화시켜 직장의 논리를 자신의 논리로 삼고 이에 몰입하는 경향이 있다. 자신의 개성을 죽이고 멸사봉공하고 있지만, 본인의 주관으로 보면 회사가 오히려 자신을 중심으로 움직이고 있는 것이다.

기업인에게는 오히려 이처럼 유아적이고 나르시시즘적인 세계가 적응하기 쉽고, 이러한 세계의 유아적 언어와 논리가 성인의 사고로 통용되고 있다는 데에 우리 사회의 두려움이 있다. 사회가 이런 세계에 익숙해져 버리면 일 이외에 남편 또는 아버지로서 가족 구성원의 정서적 안정에 기여해야 한다는 개인적인 책임은 모조리 무시된다. 일본에서 더 나아가 동아시아의 일반적인 가족에게는 '수재 우대 조치'라고 할 수 있는 일종의 '가부장 육성 시스템'이 있어서 어릴 때부터 공부만 잘하면 그외의 모든 책무는 면제되어 왔다. 때문에 남편이 되거나 아버지가 되더라도 직장인으로서의 자신의 역할을 내세워 가정 내의 책임을 회피할 수 있었던 것이다.

그래서 유흥 산업이 번창하도록 만들어 준 것은 바로 이런 중년 남성들이다. 이들의 최대의 즐거움은 술 마시면서 일에 대한 전반적인 내용을 점검하는 것이지만 그 즐거움은 취중에는 자신의 나르시시스적 힘을 제한 없이 과시할 수 있기 때문이다.

그러므로 그들은 서로가 나르시시즘을 존중해 주는 술친구로서의 관계 유지에 열심이며, 이러한 그룹이야말로 알코올 의존증 환자에게는 진정한 가족인 것이다. 한국과 일본의 술장사, 특히 이러한 직장에 대한 과잉 적응의 엘리트를 접대하는 고급 술집은 이런 사람들의 유아성을 부추기는 것을 주된 영업 방침으로 삼아 운영되고 있다. 이런 곳에서 일하는 접대 여성들에게 요구하는 것은 성숙한 여성상이라기보다는 손님들의 나르시시즘에서 나오는 유아 언어를 들어주고 어머니처럼 토닥거려 주는 자세이다. 이런 술집은 밤마다 어머니의 모유 대신 술을 마시며 옹알거리는 유아적 알코올 의존증 환자들의 유아원을 운영하고 있는 셈이다.

🌸 아버지 부재의 가정

　이렇게 유아적 중년 남자들은 직장이라는 유사 가족에서는 착한 아이로 지내고, 해가 저물면 어리광을 피우러 술집에 가며, 집에서는 '어머니'의 보살핌을 받는 것이 용인되어 있기 때문에 성숙한 남성으로서 행동해야 하는 괴로움을 감당할 필요가 없다.

　집에서 자주 볼 수 없는 아버지는 '이도 저도 아닌 존재'로서 자녀에게 혼란을 불러일으킬 뿐이다. 특히 여느 때의 부재를 보상이나 하려는 듯 돌발적으로 부권의 강조가 반복되는 경우 아이의 성장에 반드시 필요한 자아 이상(이상적인 자기 모델)의 발달은 저해되어, 강경하고 징벌적인 초자아(내부 감시 장치)가 지속적으로 힘을 발휘하는 유아적 인격으로 남게 된다. 한편 어머니와의 밀착이 계속되어 정신과 의사들에게는 익숙해진 '아버지 부재의 가정'에서 문제아가 탄생하는 것이다.

✿ 주부의 자리

한두 명의 자녀를 가진 가정과 중노년층의 이혼 증가는 한국, 일본 가족의 변화를 예측하게 하는 중요한 징후이다. 한두 명의 자녀를 두는 소수 자녀화는 단적으로 말하면 젊은 여성들이 현 상태의 가족을 그대로 유지하기를 포기하기 시작했다는 것을 의미한다. 이는 서술한 바와 같이 결혼에서 출산, 육아로 이어지던 여성의 생활양식의 변화를 예고하는 신호로 받아들여진다.

평균 출생률을 높이고자 한다면 북유럽처럼 여성이 결혼하지 않고도 아이를 낳을 수 있고 직업을 잃지 않고 아이를 키울 수 있도록 제도적 배려를 하면 된다. 그렇게 되면 출산과 육아가 결혼을 해야만 이루어진다는 필연성은 없어지고 여성이 선택할 수 있는 인생의 가능성이 다양해진다.

현대 여성들과 개별적으로 인터뷰한 결과 '그녀들도 전통적인 결혼과 육아를 바라고 있다'는 사실을 도출한 논문이 발표된 적이 있다. 그것은 그 자체로 훌륭한 업적이라고 생각하지만, 이러한 사실을 인터뷰라는 형식으로 확인할 때의 한계에 대해서는 알아두는 게 좋다. 때문에 이 책에서는 일부러 무의식이라는 까다로운 개념을 다룬 것이다. 무의식은 행동을 통해서 나타난다. 그 시대 사람들의 무의식은 그 시대의 경제 통계나 혼인 출산 통계에 표현된다.

중노년층의 이혼에 대해서도 이렇게 말할 수 있다. 모든 여성이 현모양처 로봇이 되라는 법도 없고, 로봇화되어 있다 하더라도 현모는 되어 있으나 양처가 아닌 경우가 많다. 이혼이 증가함에 따라 이혼한 여성들은 자신들이 지금까지 너무나 부당한 대우를 받는 '주부의 자리'에 앉아 있었다는 사실을 깨닫게 될 것이다. 그리고 이윽고 주부를 이런 식으로 대우한 남자들의 의도까지 깨달을 것이다.

🌸 가장 소중한 것

1년에 두 번 토요일부터 일요일에 걸쳐 NABA의 공동연구회가 열린다. NABA는 과식증 거식증 여성들의 자조 모임인데 멤버가 전국에 흩어져 있기 때문에 정기적으로 1박 2일의 공동 연구회를 열고 있는 것이다.

원칙적으로 부모 자녀가 한 조로 참가하게 되며 전체적으로 100명 정도가 참가한다. 부모와 자녀로 나뉘어 모임을 갖거나 각종 치료를 실시하는 프로그램이지만, 실제적인 내용의 전달보다 같은 문제를 안고 있는 사람들이 함께 얼굴을 마주 한다는 데에 의의가 있다. 취침도 부모끼리, 자식끼리 모여 자게 한다. 함께 식사하고 함께 목욕한다. 대부분의 사람들은 밤늦게까지 이야기를 나눈다.

나는 참석한 아버지들과 함께 머무는데 여러 해 전에는 대회장이 좁아서 나를 포함한 몇 사람이 근처의 호텔로 쫓겨난 일이 있다. 함께 머물고 싶었던 나와 동년배의 아버지가 있어서 호텔 지하의 술집에서 한동안 이야기를 했다. 그는 화학 관련 기업의 엘리트로 계속되는 전근으로 사택에서 독신 생활을 해온 기간이 길었던 사람이다. 딸은 입원중이며 아내는 병으로 쓰러졌기 때문에 그들

대신 참가했다고 한다. 우리는 오직 자신들의 일이나 생활에 대해서 이야기했다. 아내나 아이들 이야기는 하지 않았다. 일에만 몰두해 온 결과 사랑하는 아내와 딸이 변했다는 사실을 깨닫게 된 그는 무언가 찾아내려고 노력하고 있는 것 같았다.

그것 한 가지만이 아니었다. 이 아버지가 새로이 발견하기 시작한 문제란 바로 자기 자신의 문제였다. 다른 사람에게 폐를 끼치지 않도록, 주위의 기대에 부응할 수 있도록 열심히 일해 온 그는 정작 자신에게 무엇이 가장 필요하고 무엇이 가장 소중한 것인지를 알 수 없게 되어 버렸다. 나 또한 그런 남자들 중 한 사람이다.

며칠 전 어떤 기업의 간부들 모임에 초대되어 일중독증에 대해 이야기하며 마지막으로 이렇게 말했다.

"서로 무엇이든 해보십시다. 할 수 있는 것부터 시작해 보십시다."

매주 1회 연장 근무를 거부하고 술좌석도 마다한 남자들이 각지에서 모여든다. 그곳에서는 일을 하지 않는다. 공부도 하지 않고 어디의 누구라고 하는 것도 제쳐 놓고 그저 만나는 것이다. 그리고 자신의 인간관계와 일중독에 대해 이야기하고 시간이 되면 담담하게 헤어진다. 이를 매주마다 반복하는, 어찌 보면 비생산적이고 비효율적인 모임이다. 내가 생각하는 남자들끼리의 일중독증 그룹의 제안이다.

고민하는 중년 남성

이러한 제안을 하고 나서 2개월 정도 지났을 때인 1992년 2월에 H시에서 일중독증 그룹 모임이 시작되었다. 처음에는 매주 토요일 저녁, 지금은 일요일 점심 시간에 만나고 있다.

담배는 못 피우는 대신 맛있는 커피를 마실 수 있게 한다. 나는 커피를 마시면서 멤버들의 이야기를 듣기만 한다. 자기 순서가 돌아오면 자신의 경우를 이야기한다. 말하고 싶은 만큼 말하고 듣고 싶은 만큼 듣지만 토론은 하지 않는다. 이런 형식으로 운영하는 그룹이므로 처음 참가한 사람들에게는 소득 없는 모임으로 보일 것이다.

초기에 모였던 멤버는 많아야 겨우 8명을 넘지 않았으며 가장 젊은 사람이 30대 후반, 가장 연상이 70대 전반이었다. 대부분 어떤 형태로든 효율우선주의의 현 사회에서 상처를 입은 사람들로서 많은 수가 현직 혹은 전직 샐러리맨이다.

현역 대기업 간부로 이제 곧 정년을 맞이할 어떤 사람은 딸이 과식증에 걸린 것을 계기로 자신의 일중독적 생활을 깨닫게 되었다고 털어놓았다. 현역 시절 영업의 귀재라고 불리었다는 70대의 남자는 딸과 아내가 계속해서 정신 장애로 쓰러졌다. 8명 중 3명은 회사원 시절 알코올 의존증 환자가 되었고 그중 한 사람은 유흥가에 돈을 너무 많이 뿌린 낭비벽 있는 사람이었다.

지금 그들은 모두 새로운 생활을 설계하고 있다. 그것을 결의하기까지 몇 년을 낭비했고 그러는 동안 처자로부터 버림받은 사람이 3명이며, 비록 버림받지 않았더라도 아내의 분노에 직면하고 있거나 아들의 비행에 괴로워하고 있었다. 지금 그들은 괴로워하면서 자신들이 기업의 노예였다는 사실을 뼈저리게 느끼고 있다. 기업의 평가에서 뒤쳐질 것 같은 불안 때문에 멸사봉공의 정신으로 회사에 모든 것을 바쳐 온 자신을 깨달은 것이다.

이 그룹이 탄생했을 때 미국, 영국, 캐나다로부터 텔레비전 취재요청이 밀려들었다. 일본인 자신들이 일중독증을 자각하고 있다는 것 자체가 보도 가치가 있다고 판단한 모양이다. 나는 몇 번이고 일본인의 일중독증에 대해서 카메라 앞에서 이야기하게 되었고, 그때마다 서툰 영어 때문에 식은땀을 흘려야 했다. 그후 얼마 지나지 않아 어떤 성인병에 걸렸는데 그것은 이때의 스트레스가 원인인 것으로 생각된다. 유유자적하기 위해 그룹을 시작했던 것인데 결과적으로는 스트레스를 받은 꼴이었다.

그로부터 2년이 지났지만 그룹의 멤버는 전혀 늘지 않았다. 처음부터 줄곧 참가하고 있는 사람은 알코올 의존증 때문에 내게 치료를 받고 있던 사람과 나 두 사람뿐이다. 그외의 멤버는 대폭적으로 바뀌었다.

새로운 멤버의 대다수는 딸의 섭식 장해, 아들의 두문불출이나 가정 내 폭력에 고심하는 아버지들이다. 남자들은 자신에 관해서는 문제를 느끼지 않는다. 느낄 수 없다는 것이 옳은 말이다. 다만 '당신의 딸이, 아들이 좀 이상하게 되지는 않았습니까? 그것은 당신에게 문제가 있기 때문입니다' 라는 지적에는 민감하게 반응한다.

단언하지만 대단한 설교를 할 마음은 없다. 그럴 여유도 없다. 남자들은 그처럼 들었다고 느끼고 그룹에 찾아와서 나의 조언을 들으려 한다고 생각된다. 그러나 나는 의사로서 그곳에 있는 것은 아니다. 그리고 그들이 안고 있는 문제를 해결할 수 있는 능력은 애초부터 없었기 때문에 그들의 기대에는 부응할 수 없다. 그냥 그곳에 앉아 커피를 마실 뿐이다.

그래도 매주 만나고 있는 사이에 나름대로 서로를 이해하게 되었다. 이런 부류의 그룹에서는 1주일 간 어떻게 지냈는지 떠드는 사이에 일정한 행위를 반복하는, 배후에 있는 '또 하나의 나' 의 존재를 느끼게 될 수 있어 좋다.

1년이고 2년이고 이처럼 바보 같은 짓을 되풀이하고 있으면 확실하게 보이지 않았던 자신의 일부가 보이는 것처럼 느껴지는 순간이 있다. 그렇게 큰 이득은 없더라도 보통은 거론하지 않는 남자들의 본심이 자연스럽게 들려온다. 그것이 들려오는 장소는 이 세상에 이곳 이외에는 없다.

임상가로서의 나는 중년 남자의 알코올 의존증 치료로부터 일을 시작했다. 그리고 아내들의 공의존, 딸들의 섭식장해, 아들들의 비행이나 약물 남용, 아이들의 학교 부적응, 그리고 아동 학대까지 다루게 되었다.

그렇게 20여 년이 지난 지금 또다시 중년 남자의 문제로 되돌아가려 하고 있다. 단, 이번에는 나 자신을 위해서이다. 젊은 치료자에서 고민하는 중년 남자로서, 이것이 내가 성장하는 유일한 길이다.

고민은 은총

　'고민은 은총'이라는 말이 있다. 고민만이 인간의 성장을 가져온다고 생각하기 때문에 나는 고민하고 있는 주위 사람들에게 축하한다고 말한다.

　AA 창시자의 한 사람인 빌이라는 중년 남자는 알코올 의존증으로부터 벗어나자마자 우울증에 걸렸다. 그후 20년 가깝게 우울증 환자로 지냈으나 그를 구제한 것은 항우울제도 정신 요법도 아니었다. 가톨릭에서 말하는 '고민은 은총'이라는 것을 듣고부터 빌은 고독감과 우울한 기분을 내면에서 받아들이게 되었다. 하늘을 가리고 있던 얇은 종이가 한 꺼풀 벗겨지는 것처럼 편안하게 된 것은 바로 그때부터이다. 그러던 어느 날 AA의 20주년 기념 집회라는 힘겨운 일을 처리하고 난 다음 날이었는데 일어나 보니 하늘은 맑고 푸르며 바람은 부드러운 향기처럼 느껴졌다고 한다.

　빌이라는 남자는 오랫동안 '거짓된 자신'과 함께 살아왔으며, 술을 끊은 후 20년이라는 세월을 소비하다 이제야 '생기 있는 자신' '진짜 자신'을 되돌려받은 것이다.

　사람이 세상을 살면서 아등바등하며 살 필요는 없다. 현대인은 그 무엇에서도 위안을 얻지 못한 채 외로움을 안고 살아가고 있지만, 대부분 외로움에서 오는 고통을 회피하기 위해 발버둥치고 있다. 즉 자신의 내면을 용기 있게 들여다보기보다는 이를 애써 외면하고 대신 눈앞에 보이는 일이나 명예나 섹스나 돈 버는 일에 매달려 있는 것이다.

세기가 변한 지금, '취기로부터 각성으로' 움직이는 사람들 사이에서 서서히 또렷해져 가는 것처럼 느껴진다. 젊은 사람들의 자기 개발 세미나와 신흥 종교에의 관심은 이러한 움직임의 표현이라고 생각되지만, 각성에 수반되는 고독의 고통을 피하려고 하면 바로 다음의 취기 속에 빠져 버리고 마는 것이 우리 인간의 슬픈 속성이다. 이 글을 쓰고 있는 지금 신흥 종교에 빠진 젊은이들의 이야기가 화제가 되고 있는데 특정한 독단론으로 갈등을 해소하는 것과 정신의 성장을 혼동해서는 안된다.

사람은 어느 정도는 비관적인 기분으로 적당한 외로움을 안고 사는 것이 좋다. 그런 가운데 사람과의 만남이 무엇과도 바꿀 수 없는 따뜻함으로 느껴지고, 길가 가로수에서 싹이 트는 것이 기적으로 느껴지기도 한다.

가족에게 둘러싸인 것은 혜택받은 일이지만, 가족의 따뜻함에 취하는 것은 위험하다. 사람은 사람의 무리 속에서 참다운 고독을 느낀다. 그리고 고독의 아픔이 타인과의 관계를 소중하게 만들어 준다. 사람은 가족 안에서 고독을 배우고 타인을 찾는 자기를 느낀다.

어머니가 변해야 가족이 행복하다(家族という 名の 孤獨)

초판 인쇄 2002년 5월 8일 | 초판 2쇄 발행/2002년 5월 18일 | 개정 1쇄 발행/2007년 5월 1일 | 지은이 사이토 사토루 | 옮긴이 송진섭 | 펴낸이/임용호 | 펴낸곳 도서출판 종문화사 | 출판등록/1997. 4. 1. 제22-392 | 주소 서울시 종로구 통의동 35-24 광업회관 3층 | 전화 (02)735-6893 | 팩스 (02)735-6892 | E-mail/jongmhs@hanmail.net | 값 9,800원 | ⓒ2007, Jong Munhwasa printed in korea | ISBN 978-89-87444-70-3-03830

※ 개정판은 많은 독자들의 충고로 「어머니가 변해야 가족이 행복하다」를 부족한 부분과 오역한 부분을 수정하여 출간 하였습니다.